Das Buch

Puneh Ansari ist die Texterin der Zivilisationsmüdigkeit. Sie dreht in ihren poetischen Kurzessays, die zuerst als Posts auf Facebook erschienen sind, apokalyptische Pirouetten. Alltägliche Beobachtungen kippen ins Existenzielle, Melancholie trifft auf komische Sprachspiele. Da ist die Wut über den Konsumkapitalismus, da ist die Depression über das not so very enhanced, unfertige Ich, die Enttäuschung über den leergefegten Jobmarkt mit "Berufen", der Computer ist heiß gelaufen ... Ansari schreibt mit einem Rest an Sehnsucht nach einer reparierten, heilen Welt. Oder ist die Natur nur noch ein absurdes Gegenüber?

Die Autorin

Puneh Ansari, geboren 1983 in Wien, studierte Theater-, Film- und Medienwissenschaft. Sie wohnt als Autorin und Künstlerin in Wien.

Puneh Ansari

Hoffnun’

*ich hab geträumt ich war in afrika irgendwo an der west-
küste am meer wo niemand ist und hab meinen laptop
auf die schroffen felsen gestellt bei der einstiegsstelle und
bin schwimmen gangen und als ich wieder am platz
war hab ich gesehen dass die ur oarge atlantikbrandung
gekommen war und mein laptop voller wasser und hab
ihn umgedreht und das wasser rausgeschüttelt wie aus
einem wasserfall die klippen hinab und abgetrockne/n
versucht es war noch nicht alles verloren das trackpad ist
noch gegangen
dann hab ich ein motel gesucht mit einer rezeption und
einer taxistation und mich etwas deppat gefühlt*

Facebook ist das Kommunending vom 21. Jahrhundert
Alle liken alles von Allen und sharen alles mit Allen als gäbs keine Viren kein Aids u kein Morgen.
& dann wundern sie sich dass die Geschlächtskrankheit SIE trifft ihr eigen fleisch & blut ihr liebstes hab & gut ihr macbooc3000
Dann kommen sie plötzlich drauf dass sie zu wenig Zeit mit ihrer Familie verbracht haben und werden existenziell

Ist "Bürokraft" ein Wort das ok ist?

Darth Vader ist so eine coole figur!
so tragisch, lächerlich, arm & böse
Nachdem er böse wurde Jahrzehnte lang zu Allen un-
gut ist und stichelt, schaut er 30 Sekunden tatenlos zu
wie sein Sohn zamgetasert wird bis er sich doch einen
Ruck gibt mit seiner Zivilcourage u den Imperator in
einen Blitzschlag verwandelt den er angepisst in die
Luft schmeisst wie einen Papierflieger
& daraufhin ist Allen alles wurscht
Die Schlechten sind weg & man feiert pagan

hallo !
ich suche schon wieder noch immer eine Arbeit vielleicht braucht ja irgendwer was von mir
ich könnte Flyer in Lokale bringen zb?
Ihr seids ja alle Künstler und sowas Zeugs ihr druckts dauernd Flyer (warum auch immer in 2015 wo alle auf Facebook absüchteln, zum Filter machen im Club oder für die Küche zum Kühlschrank dekorieren unter die Magnetfische)
Ich bring euren shit in Umlauf!
Sonst habt ihr ja keine Zeit mehr für ihn
Ich kann euch Klavierunterricht geben Glockenspielunterricht ich kann Leute alphabetisieren leider buchtet sich der Staat halt alle diese massen an potenziellen Verdienstmöglichkeiten für sich ein (Schulen) und schaut dann blöd wenn man dasteht
Ich kann euch aufwendige bunte Torten machen (ernsthaft) eine dauert 1 Arbeitstag und kostet somit 100 euro minimal
:)
(y)
Ich kann auf eure nervtötenden Kinder aufpassen!
ich kann euren abgeschobenen Großeltern ihre ganzen Sachen nachtragen wenn sie sie vergessen, ihnen aufsperren wenn sie sich aussperren in dieser einsamen Zeit alternder Vereinzelung
Aber vielleicht sollte ich was Richtiges machen was was ein)bringt
Drogenhandel, Menschenhandel, Waffenhandel

die Inuit hatten schon recht
ich bin traurig
ich werde alt
diese "Hausmittel" wirken einfach nicht weil die Zellteilung eingestellt wurde
die rohen Zwiebeln, gesunde Ernährung alles vergebens
alles was kaputt geht ab jetzt bleibt kaputt ab jetzt
ich schneid mir in' finger .. stockt nicht blutet 50 jahre ..
ich brech mir was .. 50 jahre schiene
ich werd krank .. 50 jahre halsweh
50 jahre husten
50 jahre schnupfen
50 jahre heiserkeit
wo sind die lieblichen Zeiten als ich mit 50 grad fieber 3 tage party gemacht habe auf oarg ohne mit der Wimper zu zucken vollfett vom tu-dach auf die uni vom drechsler zur botschaft einfach duffduffduff in einem durch wie ein Gott
in anderen kulturen würde man mich im schnee zurücklassen zum sterben damit ich ihnen nicht zur last falle
aber hier muss ich mich, wie gesagt 50 jahre so cirka man stirbt ja nicht, das ist ja das .. mit dem Verbandszeug vom dm und Apothekenschmafu durchwinden im endeffekt. zusammengerechnet sind das auch Kosten .. mullzeug mit allem, sagen wir 10 euro die Woche, betaisodona paracetamol und Salz etc. leicht 10
sind 80 im monat
960 / Jahr
48.000 Euro insgesamt bis zum Schluss

ich stelle mir gerade vor myspace wär die kulisse einer
oper
madama butterfly würde in den ruinen von myspace
spielen ihr haus die hallen von myspace voll mit verblassenden schmerzen von erinnerungen an halbaufgebautes leben die halb gefüllten gerüste der profile
mittendrin einfach liegenlassen und abgebauscht in
die große weite welt nach facebookistan und nur die
madama butterfly ist noch alleine dort und wird vom
hall ihres atems aus dem schlaf gerissen

Es gab vor 30 Millionen Jahren diese sogenannten
Riesenpinguine auf Neuseeland
Sie waren ca. 1,80 groß

In 30 Millionen Jahren wenn wir ausgestorben sind gibt's sicher auch so ca. 30cm minimenschen mit verstummelten Fuessen die langsam auf allen 4ren gehen, die alle suess finden
Es gibt ständig irgendwelche Tiere, die früher mal fliegen konnten & jetzt nicht mehr, oder gehen konnten & jetzt nicht mehr
So ist die Evolution
Eine degenerative Wurst

ich bin positiv überrascht
Diese koreanischen Nudelsuppen beim Spar. hätt ich nicht so hoart eingeschätzt, vor allem steht nicht mal eine Chili drauf passend mit einem Sombrero und winkt einem zu von einem Thron aus braunen Dornen getrockneten Asteridenwerks, eingekreist von trockenem Feuer und konserviertem Schmerz, konzentrierte Schärfe in den verdörrten Samen seiner. ein Brennesselgott in spaßigem Peyoteantlitz mit megasmile. sie ist einfach nur hellgrün die packung eröffnet eine Blinddarmnudelsuppe wo der kamillentee mitdrinhängt falls was durchplatzt dass nix brennt ;)
aber sie ist wirklich scharf! wow
also nicht "scharf" für leute mit einem spleen, sondern scharfscharf, eben so, dass man nichts mehr mitbekommt vom eigentlichen geschmack und von der wirklichen welt
es macht einen rush in den schläfen macht mich hellwach und zuversichtlich ich möchte mich losreissen adieu krächzen in den morgigen sturm ziehen und einen benommenen ultrascheiss bauen mit der glocke überm kopf und mit meinem wohlig betäubten leib zurückkehren mit einem coolen gehstock aus Kirschholz und mit augenklappe von meinen bullshitmärchenabenteuern zurückkehren und erzählen vom "Jahrhundertorkan in Wien, den 30. Nov. 2015 15 Grad Nieselregen"

Das ist ein Axolotl
Er wird nie erwachsen sondern bleibt immer so in diesem Samenergussstadium mit Stimmbruch, Angstbruch und Allesbruch
Aber er kann alles nachwachsen lassen was ihm abgeschnitten wird, sogar sein Herz

Wie hat jetzt die erste bank offen?
9 bis 12? 9-12uhr30 & 13:30-15uhr?
Betrachtet es als Quiz, denn sonst ergaebe es hier kaum keinen Sinn

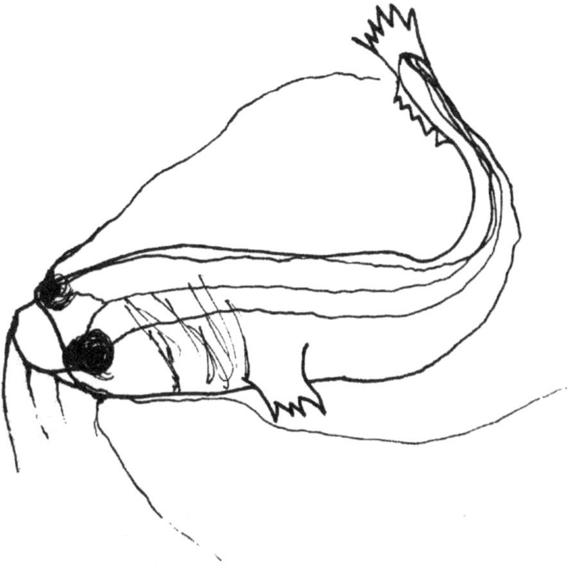

früher hab ich immer gedacht zum beispiel wenn wer gesagt hat "machen wir einen ausflug nach xy" einem "Ort" irgendwo in NÖ
was ist mit dir los ..
dort ist ja nichts, der Stadtkern 1 Strasse ein Kleiderbauer ein Nah&Frisch und eine Konditorei wenn du Ultraglück hast noch ein Stadttheater wo es 8 mal im Monat eine Inszenierung von Im weißen Rössel spielt wo du am Sonntag um 6 in der Früh in die Kirche gehen musst um nicht deprivativ zu zerbrechen, eine Geisterstadt wo man nur aus magistratischer Initiative weiss, dass sie irgendwo sind, die anderen, unsichtbaren.
Zu hohen Tagen kann man ins Café Krautfleisch partymachen gehen und die Todesanzeigen im Bezirksblatt lesen
am Abend Feierabend schaun auf orf2 und sich mit Leberknödelpastete einschmieren um am nächsten Tag im Bundesland herumzupendeln stundenlang zum Hackeln
ich bin ein Stadtkind,
aber heute sehe ich: man kann Ausflüge machen, es gibt Sehenswürdigkeiten kleine feine Dinge, Schluchten Buchten und Klämme, Schilder mit Geburtshäusern von einfach wirklich irgendwem, Etablissements Restaurants und Hotels, Frühstückspension, Eissalons, ja das wars wahrscheinlich großteils aber manchmal auch ein Thermalbad oder ärgeres, ein Holzmuseum, oder eine Kunstgalerie
Krems an der Donau zum Beispiel ist wirklich schön! ich kann mich erinnern an diesen Eissaloon damals mit der Schokoladenglasur, Eisglasur hab ich dort das erste (und letzte) Mahl gesehen. Und diese hübschen Strassenpflaster!

wir gingen spazieren im Wald und waren auf einmal unabsichtlich in Deutschland die Polizisten haben gedacht wir sind illegal haha
(das war in Schärding allerdings .. auch so eine Irgendwasstadt mit einem Brunnen in der Mitte damit mans als Katastralgemeine anstechen kann.)
Und bitte wer fährt irgendwohin ans Ende der Zivilisation wo es keine Postleitzahlen keine Kartographie keine menschliche Sprache mehr gibt, nur mehr Menschen die wie Neandertaler herumrennen und Belllaute von sich stoßen, mit dem Handy .. und ruft dann Leute an um zu fragen wo dort ein Gasthaus ist am Sonntag in der Früh?? das ist paradox.
Wenn man an der menschlichen Kultur teilnehmen will dann fährt man ja nicht raus aus ihr. Wenn ich eine psychiatrische Niederlassung suche warum such ich sie im Wald?
Wenn ich mit Leuten essen gehen will offenbar warum geh ich in ein Erdloch zu den Toten und ruf aus dem Grab heraus das Leben an am Handy
Warum sucht man in irgendwo ein fucking Nagelstudio um irgendwann, wenn man sich nicht artikulieren kann. Das widerspricht alles dieser Bedürfnispyramide. ich sitz im Stroh mit einer Keule in der Hand ungewaschen, und verschimmelte Hornhäute 4 Monate kein Kontakt zu irgendwem neurologische Ausfälle halbseitige Lähmung der Zunge und statt dass ich ein Feuer mach damit eine Bergrettung kommt verbrauch ich den Handyakku um zu fragen ob es einen Zierfischhandel in der Gegend gibt weil man einem Enkerl sich überlegt was zum schenken. Das ist ultracrazy was Leute im Schock machen

Soll ich windowgardenen in meinem Todesloch?
Soll ich verticaleggplants anbauen?
Oder robustes Wintergemüse aus Stroh, das wächst am besten zwischen Nährstofflosen kargen Steinspalten im Kriegsgebiet. es reicht wenn man es 1x im Monat tritt, dann entwickelt es besondert viel vitamin C
Komischerweise wie mit dem Basilikum .. seit ich frustriert drauf geschissen und ihm gesagt hab "ok dann stirb halt" man kann niemanden zwingen .. steht er aufrecht und ist grün als wärs eine dem Tod übergebene Legion aus Geistern die kommen sich bei den noch Lebenden für ihr ehemaliges Leben zu rächen weil ihnen fad ist in der Ewigkeit
Ist sowas möglich ohne Planensauerei? und schaut eine Ernte dabei raus die zumindest nur -20 % im Verhältnis zum Einsatz steht und nicht -300 %?
Allein dass man hypothetisch über so was absurdes nachdenkt ist ein intellektuelles Todesurteil,
dass man jetzt erwachsen ist
Man ritualisiert den Alltag mit leicht bewältigbaren kleinen Dingen um seine Bewusstwerdung dessen was das Leben wirklich ist zu bewältigen und gleichzeitig davon abzulenken dass das andere nicht wieder kommt dass es es nie gegeben hat ausser in der Vorstellung und Einbildung aber das ist ja auch was .. jetzt ist auch alles in der Vorstellung und in der Einbildung aber man weiss das halt man ist nicht mehr davon überzeugt man stellt sich eine Jasminblüte in die Vase hin und riecht beim vorbeigehen dran um sich zu trösten.
wäre Begeisterungsfähigkeit ein Muskel, dass man ihn trainiert um wieder gehen zu können

90% der Realität spielt sich im Kopf ab, leider

Soll ich eine Zeitung abonnieren?
Was für eine soll ich abonnieren?
Etwas gehaltvolles und qualitativ hochwertiges aber kurzweilig, ich lese nicht. Mit relevanten Themen man muss nicht jeden Scheiss zu irgendeiner neuen Maut in den Bundesländern zu einem Artikel verbraten.
Nicht dem Zeitgeist entsprechend weil der Zeitgeist ist gestört,
ein Magazin intellektuell profund aber stilistisch pfiffig
Muss nicht unbedingt am puls der Zeit sein
Sie dürfen keine konservativen asozialen sein, die nur am ihr Gesellschaftsbild mit pseudowisschenschaftlichen Artikeln am untermauern sind "Kernspintomographie > Frauen haben ein anderes Gehirn .. die Erklärung ist da", aber man muss auch nicht bei jedem 2. Satz gleich tiefe soziale Betroffenheit und linke Besorgnis ins Gesicht geschmiert bekommen
Einfach eine gute Zeitung, keine schlechte Zeitung,
Eine klare Zeitung
Eine Zeitung ohne Toupet, eine Zeitung ohne große Gefühle, aber keine kalte Zeitung
Eine Zeitung mit anderen Worten die so ist als wäre sie nicht von Menschen geschrieben worden sondern von Gott

Müsli soll sehr gesund sein
Wenn man es in der früh trinken will ohne sein Gebiss
oder seinen Trakt zu verlieren in einem offenen Bruch,
kann man es entweder in lauwarmer Pissmilch zu
einem Bröckelbrei aufdunsen
oder es einfach über nacht einweichen, im Kühl-
schrank
Dann zaubert der nach der Scheibenwischerblende
einen sämigen Risottoschleim aus dem Regal wie den
Hasen aus dem Hut und er duftet nach einem Ge-
treidefeld mit Sonnenblumen drauf das , das in der
sengenden Fata Morgana herumschwimmt nach einem
Hasenstall mit frischem Heu & Schnittobst
Braunbeuligen Schnittbananen weichen Birnen Stärke
Eiweiss & Molle
Ein wachsiger Gehörschutzschlamm der sich um alle
Zellen streift wie ein Kokon und sie schützt. Vor dem
Presslufthammerpark jeden Tag in der Früh, die gan-
zen Tage im Leben

.. ein Sandmännchen, besteht zu 99% aus Salz
& zu 1% aus Schlaf
Es kommt und spaziert uns in die Augen, es ist ein handflächengroßer Salzstreuer mit einem Hut, streut uns grobes Meersalz ins Gehirn
(aus dem Ozean!!)

Die Gemeinde Pfarrkirchen bei Bad Hall hat einen sehr informativen Webauftritt
Jobs
Kfz
Bauen
Führerschein
Geburt
Gewalt
Heirat
Personalausweis
Pflegevorsorge
Reisepass
Todesfall
Umzug
Vereine
Wahlen
Aufenthalt und Visum
Bürgerservice
Gemeindeamt
Kinder & Jugend
Schule und Bildung
Kirche und Religion
Sehenswürdigkeiten
Gesundheit und Soziales
Wirtschaft und Gewerbe
Freizeit, Tourismus Sport Telefonbuch!
Pfarrkirchen omg bad hallner kurier online veranstaltungen fotogalerie digitaler ortsplan allgemeine informationen (gastronomie)
wow

am Ende des kapitalismus, vielleicht kommt es ja, da ist dann alles einfach nicht kaputt so snell es hört auf kaputt zu sein und kaputt zu gehen die Kabelenden hören auf von den Geräteanschlüssen abzuschleißen und abzureissen wie die lila Adern beim mit den Zähnen rausfletschen aus der Hühnerbrust und den Haxen beim hamhamham, ich lass mir kabelverteilerextensions massschneidern beim Schuster dann und sowas Die Antenne empfängt, ohne dass man sie abschlecken, in den Händen oder im Mund halten muss in komischer Haltung vor dem Fernseher neben der Couch vor den Fenstern mit den vollkommen durchscheinenden Jalousien aus liebem Bambus bei Nacht, der Nachbar 2 Meter weiter visavis oben genehmigt sich eine Abschlusstschick danach bei 2 Minuten aufgefahrenen Stahlbunkerjalousien winterfoglüftend während ich ihn unterhalte in meinem Schaufenster der Unzulänglichkeit wie eine Performance in einem readymadenest, ein duracellbunny aus Kabeln und Drähten wo der Strom ausläuft wie bei einem Weihnachtsbaum wo der Strom ausläuft der duftende Saft von den gebrochenen Nadeln ausläuft um sich mit den Elektrizitätswerken zu vermählen und in Brand zu veröden schlafengelegt wie e.t.

warum kosten tomaten 2-3 euro das kilo, aber passierte tomaten 0,5 euro das kilo, wo man 10 kilo braucht um 1 kilo zu bekommen was dann quasi 25 euro kosten müsste, das ist wenn du so willst ein innocent smoothie nur halt auf konserviert bis in die Ewigkeit 2027
und warum kostet eine tube tomatenmark 0,3 euro wenn sie selbst nochmal niederdehydrierter tomatensaft ist, 3-5fach konzentriert
wahrscheinlich gehen tomaten so schnell kaputt (aber karotten doch auch .. bei denen schert sich keine am preismarkt ob sie schimmeln morgen, sie kosten halt dann -30% mit schimmel)

Warum hab ich eigentlich soviel geschrieben hier über mich die letzten Jahre
Das passt überhaupt nicht zu mir
Ganz ohne abfällig sein zu wollen ihr seid ja wirklich wildfremde Menschen
Schöne grüsse p

Wenn die Aliens kommen würd ich ihnen Believe von Cher vorspielen laut, dann kennen sie sich aus

Guten Morgen was für ein herrlicher Tag, die Sonne spritzt uns ins Gesicht!

Ich liebe Huskys
Sie sind so lieb
Sie sind so schön ihr Fell ist so schmuckfrei de luxe
ihre Augen sind so schoarf & hot sie sind wie Eiskris-
talle durch die man klar hineinsehen kann in den Eis-
wald der in ihnen bebt von der unendlichen Geschich-
te der Wald von diesem blonden girl,
sie schaun immer so gut & hübsch
Ruhig
Als wären sie aus der Stille gekommen gerade auf ei-
nem Frachtschiff aus Alaska, 2 Wochen Hemingway le-
send in der Kajüte aus Stahl Schrauben & Erdnussholz
(das buch soll fad sein hab ich gehört) Elchporridge
zum Breakfast aus Alugeschirr,
waschen sich am Schiffsbug mit Hagelsammelwasser
im Tausendknotenwind
Keine Uhr nur ein Kompass und die Sterne
eingekuschelt in ihr immerwährendes warmes Fell
selbst wenn Du jetzt spazieren gehst mit deinem Typen
bei der u4 Meidling das kann Dir niemand nehmen

Wenn jemand eines natürlichen Todes stirbt ist es allen wurscht weil es "natürlich" ist
aber natürliche Sachen sind schrecklich. alles ist natürlich.
Bei "unnatürlichen Phänomenen" wird einem eine individuelle Beurteilung und Meinung zugestanden, Mord, Selbstmord, Geisterfahrten, Chemikalien .. sogar heftigere das alltägliche überschreitende Naturkatastrophen sind "krank" aber kranke Menschen sind "normal". Siechen ist "Teil des Lebens" bla
Wenn dir beim Extrembergwandern ein 300 Kilo Felsbrocken am Kopf fliegt hat dir Gott ein Bussi gegeben aber wenn man zermahlenen Talk spritzt klopft Frankenstein an die Tür

gibts in wien nirgends eine sauna die in der Nacht
offen hat, und kein puff ist??
ich würde hingehen
und vielleicht noch andere leute
ich glaube in österreich ist sauna nicht soo beliebt
hier ist kälte beliebt
alle menschen wollen ständig lüften
sie betreten einen raum und begrüßen die leute mit
einem "boah! da stinkts aber pfiatigot maria&josef
da müssma lüften!". dann holen sie giftgas raus und
bringen alle lebewesen um. dann holen sie ihr säurebad
raus und vernichten alle spuren. und dann lüften sie
sie lüften die ganze zeit bei minus 2 grad

Warum sagen die (erwachsenen) Leute (die selber schon Jugendliche waren) immer dass die Pubertät eine schwierige Zeit (für Jugendliche) sein soll weil sie eine "Identitätskrise", eine "aufregende Zeit" und "Umbrüche" hätten und sich mit ihren Körpern nicht auskennen würden?
Das stimmt alles nicht
Das ist ein Märchen der Psychologen das sich die Erwachsenenlobby bei ihnen gekauft hat um an der Macht zu bleiben.
Menschen in der Pubertät geht's deshalb schlecht weil sie sich im Gegenteil mehr & besser auskennen mit sich selber & Anspruch auf Individualität erheben aber gleichzeitig noch zuhause bei den weltfremden Eltern wohnen die halluzinieren sie müssen einem sagen dass Obst gesund ist nach 4 Jahren Biologie am Ende der staatlichen Pflichtschulzeit dass man sich warm anziehen soll im winter etc. die Intelligenz des eigenen Kindes herabwürdigen mit die eigenen Verlustaengste vernebelndem Verzweifelungsfesthaltebloedsinn
Ausserdem geht's Jugendlichen deshalb schlecht, weil die Liebesscheisse beginnt
Selbst wenn man Glück hat "cool" zu sein ein sichtbares Gesicht zu haben dass einem nicht in talg zerfließt wenn man im Voelkerball den Völkerball draufgefetzt Kriegt vor IHM oder IHR, vor allen, hat man noch immer die Eltern. auf dem Abschlussfest muss man beten dass sie's zamhalten und einem die Würde nicht im Boden eingraben, dass sie einem "peinlich" sind ist Abnabelung, ist normal! man hat keine Wohnung keine gescheite Privatsphäre man muss in Park gehen um Drogen zu nehmen oder Sex zu haben oder die sturmfreiheit abwarten um kurz aufzuatmen man ist finanziell abhängig man muss sich verstellen wenn

man keinen Wickel will oder Gespräche. Wenns einen 5 Minuten schlecht geht muss mans verstecken sonst machen sie sich 2 Jahre lang Sorgen
Ich hatte kein michnichtauskenn-Problem mit "meinem Körper" ich hab ihn einfach nur unzulänglich und schirch gefunden, ist normal
Später gewöhnt man sich einfach an die Sachen man kann eh nix machen
Jedenfalls Leute die das sagen sind daneben. Kein Jugendlicher den ich kenne/kannte beschreibt so sein Innenleben.
Sie müssten es eigentlich wissen sie waren ja selber schon mal Teenies. (aber wahrscheinlich sind Teenies wie wir sie heute kennen eine jüngere Erscheinung aus dem 20. Jahrhundert, Industrialisierung, Popkultur .. ich weiß nicht)
Sie packens nur nicht dass man sie nicht mehr so arg braucht, sie haben im Grunde Angst dass sie doch alleine sterben
Dass man unabhängiger wird sein eigenes leben hat nicht mehr auf ihre Meinung hört fehler bei ihnen entdeckt sie die kontrolle über einen verlieren sie unaufhaltsam immer mehr in die Position rutschen wo man freiwillig mit ihnen kontakt hat und es sich anhand ihres Verhaltens entscheidet ob sie für einen eine Autorität sind oder nicht macht sie fertig dass man sich ändert macht sie fertig
aber das so wahrzuhaben & so auszusprechen "mein Kind macht mit mir schluss" es entgleitet mir
ist ihnen psychisch zu schwer, es ist ja schwer. und es ist ein Klassiker Leute irgendwie für "verrückt" zu erklären weil sie nicht das machen was man will. deswegen schieben sie alles auf "die Hormone" die "verrückt" "spielen" darauf dass man sich nicht auskennt, irgend-

wie behindert ist, eine schwierige Phase hat in der man "Verständnis" braucht
Wer braucht Verständnis
Ich hasse Verständnis
(ich hab bei diesem Status der Bequemlichkeit halber der autovervollstaendigung bissi den vortritt gelassen deshalb die gebückte Groß klein schreibung usw. Teilweise, hoffe das ist generell hier alles nicht zu schlimm)

kaffee löst autophagie aus (das ist gut)
(man kann ihn auch koffeinfrei trinken, aber man
muss ihn schwarz bzw ohne tierisches eiweiß trinken
oder so ..)
ansonsten löst fasten autophagie aus, ab 15 stunden
und noch irgendwas
dabei fressen sich kaputte zellen aktiv selbst auf und
verdauen sich selbst und verschwinden

autophagie hat 2016 den nobelpreis gewonnen

Kann ich fragen ob ich den Kurs oder whatever sie jetzt für eine Überraschung für mich haben "aufschieben kann auf Oktober damit ich mein Buch fertigstellen kann" oder ist das absolut falsch daneben und too much weltfremd unverschämt Akademikerschlampe komm ich dann direkt ins Arbeitskräfteueberlassungs-terrorbootcamp am fünften Arbeitsmarkt wo nur die ganz unverschämten, hartnäckigen Fälle hinkommen was es offiziell nicht gibt so ein codewortding mit einem suizidalen Arbeitsvertrag aus dem sie einen nur bei guter Führung wieder entlassen wo man Schuhe binden lernt in der ersten Woche und eine Exkursion zu einem postkasten macht in der 2. Woche

Toll ab jetzt können Männer noch seelenloser/phlegmatischer/fordernder/fantasieloser/sexistischer & gschissener sein ohne Angst haben zu müssen um ihre Männlichkeit denn es gibt jetzt endlich die libidopille für die Frau
Die Welt kann noch anstrengender die Depressionen noch härter die gfraster die man sich andrahn hat lassen noch zerfleischender sein denn es gibt jetzt die libidopill f.d.frau
("Anders als bei Viagra, das in erster Linie bei der Steigerung der Durchblutung ansetzt, wirkt dieses Präparat eher auf das Gehirn & die Psyche der Frau")
Naja, wenn alles so psychisch ist warum Krieg ich dann keine Schlaftabletten zum Beispiel wenn ich nicht schlafen kann .. > Ich krieg keine weil es "psychisch" ist, da soll man lieber "Gespräche führen & shit"
Ich finds gut dasses das gibt, Medikamente immer! aber warum kriegt man immer nur das gescheite Zeug wenn man hackeln oder ficken oder sonst was für wen anderen machen soll
Vor allem wenn's heißt laut irgendeiner Studie sollen das 40% der Frauen unter 50 sein "die Betroffenen die darunter leiden denen man helfen will", in Kombination mit im Endeffekt dasses psychisch wirkt, kommt dann niemand drauf dass das bescheuert ist? So schwer ist voegeln nicht So schnell verliert doch kein Mensch auf der Welt seine libido ohne dass es körperliche Ursachen hat ausser ihm geht's moerder gschissen wegen psychoSOZIALEN gründen oder er ist so ein serienkillerfreak aber nicht 40% der Frauen, wenn das stimmt, aber stimmt sehr leicht
40%? Comeon! Looser

mein kurs ist so lieb
ich will am liebsten muffins bucken und sie für die pause mitbringen
ich könnte ja nächste woche unauffällig muffins mitbringen und sagen die sind "nur eine kleinigkeit" nur zufällig passiert und nur übriggeblieben" ich hätte mir vorm rausgehn spontan" gedacht ich könnte sie ja mitnehmen bevor sie schlecht würden sonst hätte ich sie einfach weggeworfen das solle man ja "auch" nicht machen .. sie wären nicht besonders gut gelungen aber vielleicht mag sie ja "wer" trotzdem, wie das mature erwachsene machen um nicht eigenartig, assozial oder ausländisch zu wirken aber ich habe so etwas nicht nötig ich brauche meine zuneigung nicht verstecken ich habe keine angst vor zurückweisung oder was die leute von mir denken

Der Sommer steht unabwendbar vor der Exekution &
man kann nix machen ausser die Stunden zählen &
sich noch ein paar schöne machen Thema wechseln
mit einem Seelsorger über das Wunder der Natur sprechen bei einer letzten Gurkenkaltschale mit Baldrian
nach einem Hildegard Rezept
Der Ring ist gesperrt
Weil sie in der Staatsoper Mission impossible spielen
Jetzt steh ich verkrüppelt am Ring ..
Die Knochen brechen mir aus den fuessen wegen der
geschmolzenen Sehnen Mein Gehirn quillt mir flüssig
aus den Augen ich weine fett & Salz
Die Tränenflüssigkeit verdunstet vor meinen Augen zu
Milchlas
Sommer 2014
die 39°C sind die neuen Ausländer

Ein Optimist würde sagen, wenigstens sterben jetzt die Wespen

Ich könnte Geschichten schreiben

: Ein Elch gebiert auf dem Mururoa Atoll ein längst ausgestorben geglaubtes komisches Tier, ein mysteriöses Ereignis .. seitdem passieren wundersame Dinge, nämlich es verschwinden mit einem Schlag alle Menschen & ohne corpses zu hinterlassen, von der Erde Ende.
Im 2. Teil der in 5 Jahren erscheint, wird dann alles erklärt :)
So starwarsmaessig

Diese Spinat-Mozarella Knoedeln vom Hofer sind nicht empfehlenswert ..
Es passt von vorne & hinten nichts zusammen aussen Kartoffelteig. Was das letzte ist immer, ein steinharter zacher teig der nach nix schmeckt, sollte jemand Weihnachtschristbaumkugeln abgießen wollen oder Zementkugeln als Gartendekoration kann man sie benutzen, die Industriespinatfüllung geht noch irgendwie wenn man ok zum Leben gesagt hat aus Resignation vor Ästhetik & Sinnlichkeit kann man sie in der Mikrowelle schmelzen dann fahren einem die Mozzarellaklumpen nicht so obszön ins Gesicht wie bei einem kaesekrainer
Man kann es noch mit Edelschimmelgorgonzola mit Gewalt veredeln schauen vielleicht überdeckt das die Gewuerzmischun'
Aber ich hasse es mich über Nahrungsmittelproduktion aufzuregen immerhin erfinden und kochen diese Gerichte auch Leute und versorgen uns alle mit Essen

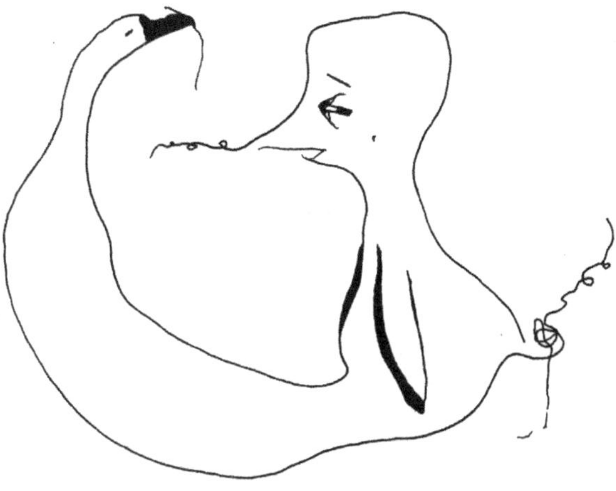

Kann man die Umweltzerstörung nicht unter "Alles ist vergänglich" geben? ich meine was erwartet man sich, dass Menschen hier leben und die Erde nicht "benutzen" ihr das leben ausschlürfen bis es nicht mehr da ist und dann selbst aussterben? Andere Planeten sind auch nicht ewig da
dieser Ökoirrsinn soll darüber hinwegwischen, dass wir schlecht sind
Wir sind schlecht
Wir zerstören uns selbst und die anderen um uns, wir können gar nicht anders selbst wenn wir uns umbringen ist irgendwer schon wieder traurig. wir werden geboren um zu sterben und gebären wieder so sind wir wir erschaffen um zu zerstören wir lassen uns gegenseitig im stich & sterben alleine zuhause und keiner merkt es wochenlang
Was habt ihr Esoteriker denn geglaubt was passiert, wenn man sagt "Leben"
Life on Earth
Einen Garten Eden mit gewaschenen kühlen Minipfirsichen und Whirpoolflüssen & bächen mit einem PerpetuummobileStromkraftwerk das duftenden Zirbenstrom segnet den ganzen Tag wo Zeichentrickcinderellas durch die Blumen hoppeln die ganze gestockte Zeit
Cartoonmenschen jenseits von gut und böse weil es kein böse gibt weil alle so "menschlich" sind, ohne Geschlechtsteile ohne Kindesmisshandlung ohne Vergewaltigungen ohne Rassismus Frauenunterdrückung Diskriminierung Ungerechtigkeit ohne Krieg und Brutalität und ohne Plastik die Leute essen Früchte haben aber keine Unannehmlichen Verdauungssysteme die von herzzerreissenden Tumoren befallen werden ohne

Traurigkeit ohne Zerbrechlichkeit dort wo die Guten
immer gewinnen wie im Film
jeder ein erfülltes Leben gehabt haben wird zum Zeitpunkt seines Todes und immer das Klima superkalt &
skandinavisch frisch so wie ihr das wollt?
hey wacht auf guten Morgen in der Hölle yo

Es ist ein Eisbärenbaby im Universum es ist so liiieb
und soo: >< klein!
Alle lieben kleine süsse dinge und töten babys nicht
weil sie blind hilflos und machtlos sind
(Dabei isst sie eh keiner weil nix dran ist ..)
Weil die Menschen so supportiv sind inside, oder weil
sie Sadisten sind inside I don't know

Pinguine ebenso.
Alle mögen Pinguine einfach weil sie nicht normal gehen können :(

Wenn man auf dieser Welt noch irgendwen mit irgendwas erreichen will, mit einem boredomThema wie zb mit UMWELTSCHUTZ
dann muss man es so machen wie dieser Typ, er meint wir werden uns bald nicht mehr fortpflanzen können aus irgendeinem Plastikgrund, ich schalt bei sowas immer ab irgendwann, wenn so eine Sauce aus Empörung über jedes 0,4°C mehr Temperatur und jede bedrohte Kakerlake über einen gebracht wird und es seit 40 Jahren ununterbrochen 5vor 12 ist mit der Natur seit es Fernsehen gibt, wie soll man dann reagieren. Man gewöhnt sich daran dass Medien catchy sein wollen um um unsere Aufmerksamkeit zu buhlen und sich aufbotoxen man stumpft ab. Trotzdem gibt es Jenseits davon auch Dramaturgie.
Jedenfalls zu sagen, wenn auch nicht so nachdrücklich wie ich das jetzt mache: WIR WERDEN AUSSTERBEN 4real weil Müll uns steril machen wird (wie auch immer das hergeholt ist) ist motivierender als geschmolzenes eis auf einem magnetischen pol, wo's kein Internet gibt keine Verwandten keine Freunde keine Schule keinen Autobus keine Infrastruktur keine Popmusik
Nix
Pinguine

Musik ist wie Gift
Sie kann richtig eingesetzt eine Medizin und ein heilsamer Segen sein doch sie kann auch ins Gegenteil umschlagen sehr massiv und prominent und aus einer Violine wird ein in leibeigenschaft geknechteter ulkhulk in einer ketaminbaracke dem befohlenen wurde zu tanzen und zu tanzen bis er dehydriert stirbt aufrecht und dann noch weiter beyond

Die Lyrics von meiner 1. Punkliedkomposition >
"Lyrik verpiss dich,
keiner vermisst dich"
.. danach kommt kein text mehr .. nurnoch schmutzige gitarrencluster, schwer übersteuerte beuschelreißer bässe, schlimme
& scheißdrauf***
auf dass den zarten teenies im publikum ihre seelen in Zerfetzung versiegelt werden & sie sich hinter einer fassade der drogensucht verstecken & fortan als cool tarnen im performativen krieg auf der egobühne des lebens

Ich glaube ich lebe entfremdet von mir immer weiter
und weiter entfernt und am Ende sterbe ich als Fremde
Ich glaube das ist es.
Das ist das geheimnisvolle Ding vom gesamten Leben.
Man löst sich immer mehr auf wie ein zerheddertes
Wollknäuel und am Ende ist man überhaupt nicht
mehr da und die Würmer kommen.

man muss die dinge mit humor nehmen,
von hinten und mit humor

Albtraeume regen den Stoffwechsel an & halten einen
jung beisammen

Ich wünsche euch totalitäre Weihnachten

meerschweinchen sind superaggressiv! , & eine gefahr.
sie zucken voll aus, wenn man sie nervt, und springen
einem angeblich an die halsschlagader und reissen
einen in den tod
sie streiten die ganze zeit wenn wer neuer in den bau
kommt sagen sie nicht hallo rauben ihm die tschick aus
und penetrieren, erniedrigen und brechen ihn
sie sind nicht zivilisiert
ausserdem steht da "Die natürlichste Haltungsform für
Meerschweinchen sind mehrere Weibchen mit einem
Bock."
völlig daneben
ich werde mir 1 männliches meerschweinchen nach
dem anderen kaufen und es quälen eine sadistische
ära wird eingeleitet werden an deren ende sie mich um
häutun' & gnadentod in den gulaschkessel anbetteln
nach dem ich ihre tausenden schriftlichen ansuche zer-
rissen und vor ihren krokodilstränenäuglein verbrannt
und sie ausgepeitscht haben werde bis es sich ihnen ins
kollektive mark gebrannt hat wo der hammer hängt
und wie man sich benimmt

heuer mach ich weihnachtskekse
für meine amerikanische meltingpotfamilie
was sind denn besondere weihnachtskekse aus dem
tiefen postbusösterreich? mit den aussterbenden
psychedelischen gewürzen drin mit den urzeitlichen
unaussprechlichen namen in den geheimen hand-
schriftlichen kochbüchern in fraktur
ich will dass sie sich hier richtig oarg fühlen
ich dekorer alles in militärbrauner jute & hol sie mit
der kutsche aus schwechat ab & wir stoppen in sim-
mering & jausnen in einer dreckigen urhütten wo es
nach rum & asche riecht & die leute fahren sie an in
ihrem psychojetlag mit der fahne aus unfreundlichkeit
und sagen ihnen unvermittelt es gibt keinen gott

Ich wünschte mein Leben wäre mehr mürbe,
wie ein solider Mürbeteig der mich in meiner warmen,
nach urduft zimtenden äpfelchenplazenta wiegen lässt
forever in semieskapismus, den kindlich verwundba-
ren kern meiner Seele wie eine neutrale, leicht flexible
easygoing Stadtmauer auf voller Fläche umschließt &
vor Kälte, Ausdürstung & Untod bewahrt,
doch ich fühle mich wie ein luftiger Natronmuffin
den die teenieboys in der großen Pause als Fußball
benutzen, völlig zerzaust & die Leute picken mir mein
Stracciatella hinaus & ich krümele dahin
Von zeit zu zeit kommt die Putzfrau & saugt mich
davon ins Nirvana

was wünscht ihr euch zu weihnachten?? (falls ..
ich werde gefragt was ich mir wünsche und weiss es
immer dann nicht
nachdem ihr mir von der saftpresse abgeraten habt
bleibt nicht mehr viel
eine saunejahreskarte wäre ursuper
ein theaterabonnement wäre auch ursuper
ein meerschweinchendungeon wäre auch ursuper aber
das trau ich mich meiner mutter nicht sagen
einen dieser toaster wo man paninis und toast machen
kann?
oder einen installateur für die dusche
bilder sind auch immer gut
bilder für die wand
ein yogaseminar
einen fernseher
mit sky nostalgie
ein schloss am meer
eine hütte im wald
dass ich fliegen kann
psychotherapiegutschein
thereminunterricht :oo
ein treffen mit kurt cobain
heilun'
einen sonnenschein
in meinem herzen
aber dann verbrenn ich ja sofort

ach das ist so lieb!
um weihnachten bekommt man manchmal sms von leuten die man aus den augen verloren hat und weiss dann dass sie einen nicht hassen oder für schäbig halten
sie denken irgendwie an dich
danke! <3
also falls wer shy ist ich glaub jetzt wirkt man nicht wie ein besessener schizofreak wenn man wen kontaktieren will nach längerer zeit.
meistens freuen sich die leute eh
(wegen dem artikel, ich find diese "intelligente menschen sind im oarsch"-artikel eig sozialdarwinistisch und scheisse)
hauptsache es kommen alle irgendwie miteinander aus.
früher war ich strenger.
wenn man darüber nachdenkt dass menschen jeden tag ihr bett "machen" (die decke in der luft herumschütteln und dann am bett glattstreichen) was keinen sinn macht, einfach weil sies erzogen gekriegt haben, beängstigt einen das schon was sie noch alles machen würden
aber heute schockiert mich sowas nicht mehr, ich denk mir das ist einfach ein kollektiver spleen den niemand verstecken muss und es beruhigt sie und ist immerhin besser als ritzen, schlägereien und mord ..
das hat nichts mit intelligenz zu tun das sind psychische hilfestellungen die manche menschen einfach annehmen, vielleicht

Ich brauche eine Kindersicherung für mein Leben

Die Nationalbibliothek am Sonntag ist ein Fiasko
Alles ist bummvoll ich hab mich extra zamgerissen herfahren in der Annahme dass die ganzen Kinder ihren Rausch ausschlafen müssen aber nein sitzen da 2. Semesterwoche und werfen ihre Jugend in den Mistkübel
Welcher Bastard regiert die Uni und hat sich sowas ausgedacht
So lernt man nichts über das Leben, mit sich einsperren und über Knochen lesen, man lernt über das Leben in dem man es zerstört
Wo ist das Vermächtnis der Hippies geblieben die ihren Geist in freien Stücken aus dem "Verkehr" zogen
Vielleicht flüchten sie auch nur von zuhause
Ich hab noch nie in einer Wg gewohnt aber da tun sich sicher UrAbgründe auf daran hab ich noch nie so gedacht Menschen auf engstem Raum
Wahrscheinlich wohnt die Hälfte von euch in einer Wg. Für euch sind jelinek'sche Psychozustände völlig normal jeden Tag beim Zähneputzen schrammt ihr knapp an Vergewaltigungen, Mord und Todschlag vorbei als wärs ein Spaghettisaucenfleck der überbluppert ist auf den Herd, man wischt ihn weg oder auch nicht.
Erniedrigung, Demütigung und Frotzelei sind euch wie die Frage nach Zitrone oder Milch
Ketchup oder Majo

In der pubertaet hat man ein kurzes klares zeitfenster
danach kehrt man zu primitivismus & individualhedonismus zurueck, sodass ich sagen kann wenn ich gross
bin will ich auch ein 2hektar wohnzimmer bewohnen
mit vergoldeten vorhängen mahagonimarmorböden
im ?bauhaus, barocken kerzenleuchtern in einem amerikanischen sozialwohnbau mit integriertem museum
wo auch die wiener ringstrasse 1:1 drin ist wie beim
Zimmer hier beim columbo
ich wär so gern in Amerika
Schuhe kaufen
doch ich bin hier, in der Alten Welt voller Psychoanalyse und Sexualwahnsinn gefangen in bizarrer Gotik

hast du gewusst,
fast alles auf der welt (in organischen körpern) rennt
bei wärme besser als bei kälte,
ist gelockerter & leitfähiger,
nur nerven nicht

es hat heute nicht geschneit, das waren die blüten von diesen kirschbäumen. ich wusste gar nicht, dass es so viele kirschbäume gibt in wien. der april regnet sie uns auf den beton & befruchtet damit die kirschbäume, damit es im sommer wieder kirschen gibt am siebensternplatz.
die biologie ist ein wunder.
die natur sagt zwar nix, aber sie weiß dass bäume keine füße haben und nicht gehen können um aktiv anzubandeln und zu kopulieren deswegen macht sie das mit dem wind und zwangsbefruchtet die bäume indem sie den regen schickt der ihnen ihre frucht vom leib reisst damit sie zu den bienen fliegt die sie abschlecken und den nektar ihrer königin vor die füße speiben.
schön.
es gibt 3 bäume:
1 ist weiß, einer ist pink und einer hellpink.
die blüten haben auch verschiedene farben.
aus dem weißen baum schlüpfen im august diese beigen kirschen, aus den pinken kommen weichseln heraus,
der blasspinke bringt handelsübliche kirschen hervor.
es ist eine harmonie ein einklang eine art 3faltigkeit
sie pressen sie dann aus und machen dann daraus den syrup für haribo.

Eine Frau die täglich Nylonstrümpfe tragen würde,
hätte in der Billigstvariante durchschnittlich 50 euro
im Monat /
600 euro im Jahr /
6000 euro in 10 Jahren,
und sagen wir 60.000 euro in einem Leben für Strümpfe
ausgegeben

Gibt's unter euch noch Leute die sich mit Wissenschaftlichen Arbeiten in Bibliotheken erlynchen jeden Tag den ganzen Tag irgendwo vanishen ab Vormittags dann könnte mir geholfen sein das Haus ohne Grund und Boden zu verlassen eine Struktur in meinem "Alltag" zu haben bissi aus der Suizidalitaetsspirale schielen Am liebsten die strengen ehrgeizigen sich gegenseitig ausstechenden intriganten Mädchen, Frauen dies ernst meinen und sich untereinander erniedrigen sich die haut an den Lippen blutig beissen beim Strafrecht auswendig lernen extrem beleidigt reagieren wenn ich nicht oder zu spät auftauch mich egotechnisch voll fertig machen am besten 3, wo man den klang ihrer Gedanken in der stille hoeren kann wie sie verächtlich ueber einen sprechen wenn man gegangen ist, die miteinander telepathieren wie unerhört es nicht alles ist was ich veranstalte man die angewiderte Verachtung in ihren Augen körperlich spürte wenn ihr Blick tot an deinen Augen vorbeischrammt wenn sie dich ansehen um dir was mitzuteilen Leute die keine Liebe kennen kein lächeln kein erbarmen nur lernen lernen lernen Leute denen du nicht als Aufsichtspersonen ausgeliefert sein möchtest als unmündiger Mensch im Kindergarten, Frauenministerinnen die sich selbst abschaffen wollten Korrupte Biester mit Schlachtbankfreundschaften Schlachtbankfreizeitaktivitaeten & Schlachtbankehen

hurricane kali wird kommen
mir hat sie heute schon die luft vor dem mund wegge-
schnappt und damit weggeflogen in die nacht
sie wird leben für immar
und immer größer werden und schöner werden und
glänzen flüchtig sieht man sie nur wie den bunten
staub von verpuffernden feuerwerkskörpern zu
silvester
sie wird die sein die uns rauslässt wie ihre haustiere
und wir werden auf sie hören u nicht umgekehrt
und sie bläst fffuffffff fffffff eigentlich hört sichs schon
eher an wie wasser, eine brandun die uns niedermäht
und wir wollen cool sein und raus gehen surfen aber
wir überschätzen uns und ertrinken
jedenfalls die wal wird niemals stattfinden denn der
orkan ist da und geht nie wieder weg wir sind gefangen
in und täglich grüßt das murmeltier nur wir der stich-
wal und der orkan

kali hat uns im Stich gelassen & die wal ist doch eingetroffen
ich hätte mich schon auf den putsch mit anschließender grüner militärdiktatur gefreut gehabt, aber ist ok.
man soll nicht gierig werden, und hektisch

Soll ich meinen Windows in den Kühlschrank geben? Er ist heiß gelaufen & macht nix mehr & keine Meldungen mehr über dies & das was er gemacht hat und was er gefunden hat "Schau Puneh ich hab ein Bild gemalt! Es ist ein Haus mit einem Stein davor!! Das mit dem loch ist die Tür!" "Ohhh!! Tolll hast du das gemacht!" "Schau Puneh ich hab eine leere Schublade gefunden mit einer leeren Box drinnen magst du was reinlegen? Mein Bild vielleicht??" "Oh! Danke! Nein danke!!!!" "Wirklich nicht??" "Nein, ja, wirklich nicht, ist ok," "Hmmm." "Hallo Puneh." "Hallo"

Kann ich den laptop zusammenklappen und transportieren oder ist das der Dolchstoss
Wie wenn ich wen aus der intensivmedizin von pubertierenden eddingboys auf eine bongwichsparty zahren lass mit der nightline

(männliche) pinguine sind kranke arschlöcher
sie vergewaltigen sogar kücken, die teilweise daran sterben.
und dann "schänden" sie die leichen weiter (ok das ist eigentlich nur mehr im kopf schlimm, im angesicht dessen dass sie kinder totficken. ich meine wenn gottlose leute sich mit gemüse selbstbefriedigen und gleichzeitig fleisch essen dann isses eh schon wurscht wenn sie einen unausgelösten pinguin vögeln ..)
die pinguine warten extra bis ihre frauen vom fischfang zurück sind und fertig sind und dann vergewaltigen sie sie.
bitte kann man nicht irgendwelche truppen dort hinschicken oder sowas ?
das ist eine real stattfindende katastrophe.
(vielleicht isses auch reisserisch aufbereitete pseudoinformation) ich weiss ja nicht wie "normaler" sex bei pinguinen oder tieren ist. vielleicht ist dort vergewaltigung einfach sex, und die von der bilderstrecke meinen damit einfach dass pinguine keine bunten federn bekommen und tänze aufführend ihr lustobjekt umkreisen und die konkurrenz hinterm busch niederstrecken, sondern einfach nur daherkommen.
vielleicht sind es überempfindliche auf blümchensex und kampfgender eingeschossene wissenschaftlerinnen die das sagen.
vielleicht sind es aber auch sadistische, perverse wissenschafter die das schreiben die das gerne hätten, um vergewaltigungen im menschenreich als "natürlich" erklärbar darzustellen, wie das immer so ist. alles schlechte das männer in die welt bringen ist eine art biologisch erklärbare legasthenie. es ist keine krankheit und man muss die tat selbst verurteilen aber es ist eher eine andere perspektive der man sich annehmen muss

um daran zu arbeiten. täterschützer wollen immer besänftigen. die ganze welt als geschützte montessori werkstätte in der wir geduldig wichser & männer (ich weiss es gibt sicher auch irgendwo psychofrauen und das wird zu wenig gewürdigt, aber nur weil das unter uns "ja auch" existiert, bedeutet das keine absolution, oder? "ich hab was falsches gemacht, aber nur weil irgendwer hat ja auch was falsches gemacht. ich scheiss auf um verzeihung bitten, wiedergutmachung" + "ich mach einfach so weiter") abrichten sollen, sie loben, sie streicheln und ihnen leckerlis zuwerfen wenn sie einmal einfach nur eine scheissaktion UNTERLASSEN "schaffen" und sich trauen verantwortung zu übernehmen, was ein enormer fortschritt ist für sie weil sonst fällt ihnen das schwer und ihr vergrabenes inneres kind ist verletzter als das von leuten mit integriertem gehirn, deswegen müssen sie so gemein sein, automatisierter selbstschutz, jedenfalls darf man nicht zu viel verlangen .. in kleinen schritten haben wir dann in 4.000 jahren vorerst überall gleichberechtigung und in 10.000 jahren richtige zivilisation. er wird besser. sag ich jetzt mal so .. es gibt zumindest hoffnung. weil wir werden sterben bevor wir es je erfahren
wenn du träumst, treffen wir uns im präfrontalen cortex und dort mach ich dich kalt

Stachelbeeren sind wunderschön
Mit ihren durchsichtigen Adern im Licht
Mit ihren Rhabarberfarben und mit ihrer Liebe
Doch sie schmecken wie Igel und die haut ist sauer
Man kann sie auf wunden auspressen wegen der Askorbinsäure
Man kann es zumindest ausprobieren

Ich bin zu alt für eine "rave lecture"
ich war noch nicht auf einem rave
Das hier ist ja auch kein "rave"
Ein rave ist so eine aus einer Gruppenvergewaltigung spontan hervorgegangene Eingebung, dass man ein Sound"system" in den Wald stellen und ein Fest aus dem Nichts ins Nichts stampfen könnte, eine dieser Veranstaltungen auf der Menschen sterben weil sie von Leuten unter sich zerquetscht werden auf der Suche nach peace, in Form von einem Schuss.
Ich war nicht mal auf einem "rave" als wie ich noch "studiert" hab & in "Clubs" gegangen bin aus "eigenem Wunsch" weil ich nicht völlig alleine sein wollte und die coolsten Leute waren immer die, die am bescheuertsten weggegangen sind, weisst eh .. den ganzen richtigen Abend warten auf Godot, bis irgendwer um 3 vielleicht noch auftaucht irgendwo (um 6 ..) unerreichbar am Handy unnahbare Götter des Flex je weiter zur Sperrstunde je desolater alles je diffuser zersplitterter desto cooler, Clubs .. Ich war eigentlich immer dort aus sozialer Verzweiflung Trauer und Alkohol, ohne Drogen haelt man diesen Terror ja nicht aus .. Hin & herrennen zwischen Bar & Klo, bloed herumstehen, sich zamschreien wer kurz wohin abgehaut ist, "gehma kurz raus?" 20x am Abend, stundenlang hinundherscheuchen stundenlang Geld beim Fenster rausschmeißen damit man am Ende wenn man halbtodgesoffen & auf allem genug ist vielleicht doch noch 1 Stunde tanzt zu der Zombimusik
boomboooombummm

Ok Coca Cola zero fragt die Leute auf fb was ihr Grillfavorit ist und Leute antworten, sie führen eine Konversation mit einem Getränk

1 Frau wurde mehrmals gesagt sie soll nicht mit den Badeschlapfen raufgehen auf die Saunabank (das ist wirklich ur nicht ok) das ist eine Saunaregel und sie hats trotzdem gemacht, es kam zu hick hack. schließlich kam die POLIZEI IN DIE SAUNA HINEIN und hat sie rausgeschmissen. sie hat Hausverbot in der Sauna
es ist unfassbar

Es hat sich ein Mädchen so 20 neben mich gesetzt auf die Bank (!) Einfach so
Das ist echt schön
Normal wenn sich wer fremder hinsetzt neben einen auf die Bank isses meistens jemand der männlich auf Drogen abgestürzt ist und einem idiotische Weisheiten reindrücken will während er einen anschnorrt & anbaggert gleichzeitig
Ich glaub ich halt freestyle Menschen schon auch aus ohne Zeugs
Hoffnung
Nächster Schritt wäre dass ich eine unverfängliche Handschweisskonversation in die Bahn lenkte, indem ich sie auf ihre Schuhe oder das Wetter anspreche oder gleich Anfang sag wie ich heiß und frag wie sie heißt, was sie macht, wo sie wohnt, ob sie einen Freund hat, was sie morgen macht, ob sie mit mir auf einen drink gehen will, und warum sie nicht will. so auf normal geistesgestört halt

Frühstück .. Die einen essen Semmeln, die anderen essen Müsli, die einen essen Fruchtjoghurt, die anderen essen Obstsalat, die einen essen Würsteln Eierspeise und Blutwurst, die anderen essen Misosuppe mit Tee, die anderen essen Kaffee, die anderen trinken Orangensaft, manche mischen beides, Kipferln,
Cornflakes
Pancakes
Waffeln
Schnecken
Golatschen
Brei
Omelette mit Grilltomaten
Orientalisches Frühstück
Kontinentales Frühstück
Wiener, englisch, französisch, Fitnessfruehstueck
Alles gibt es
Eigenartigerweise gibt es aber keinen Salat & keinen Pudding,
es isst niemand Pudding
Cornflakes mit Milch & Orangen schon, Waffeln mit Speck schon Joghurt mit Kiwis schon aber Pudding nicht. Das ist u.verstaendlich dabei ist pudding so magenvertraeglich und wie geboren dafür zum Frühstück runtergewuergt zu werden um 8 in der früh wenn man noch tot ist wenn das verdauungssystem noch 3 Stunden brauchen würde geschweige denn irgendein Appetit damit man Mahlzeiten aufnehmen würde können ohne sich anzuspeiben

.. lachsfruehstueck, sektfruehstueck eine einmal quer durch den aequator aufgeschnittene auf einem Teller servierte grapefruit mit einem Löffel daneben, Trauben
Baked beans, marmite, toast, nutella
Marmelade,
Wurst
Kaese
Vodka & blinis
Kaviar
Heringe
Honig
Wackelpudding
Marmorkuchen
Topfenkuchen
Milchbroetchen
Zwetschkenplunder
Ein Glas Milch
Ovomaltine
Ein milchshake mit einem rohen Eigelb drinnen
Kochbananen
Kartoffelpuffer
Lebertran
Frühstücksfleisch
Corned beef
Bordeaux
Multivitamin+Mineralbrausetabletten mit mangogeschmack
Weichgekochtes Schlatzei
"Butterbrot" hab ich mal wo gelesen soll das lieblingsfrueh-stueck der Österreicher!nnen sein (glaub ich persönlich nicht, warum sollte das das lieblingsfruehstueck von einem sein?)
Mit Salz, vielleicht!
Aber "Brot"? 60 weizenmehl 40 roggensauerteigmehl
Butterbrot
Schlaf gut träum von was schönem,
Dein Butterbrot

auf ö1 spielt manchmal in der nacht elektronische
musik
weiß nicht wie genau man das nennt in der szene,
immer gibts viele subgenres mit eigenen namen aber
ich weiss sie fast nie
nachtradioelektro? "unauffäliger elektro"
"ambient" techno, minimaltechno, geriatekkno, easy-
techno, cooltekno, freeteckno
haus
groovefunk
softtrance
minidance
loungecore
deepsoul
easycheesy
soultechno, techsoul
normcore
slothcore
gorefunk
dancefolk
goabase, grooveriot, electronik
high-fi
lowslow
flott-tanz
foxtrott
hartvolk
und so
aber jetzt nicht mehr jetzt ist klavier

Die Katze ist puff
von gestern auf morgen weg
plötzlich ist eine menschliche Frau da an dem Platz wo
sie vorher war vor dem Fenster hier statt ihr
sie hustet alle paar Minuten kurz zach
vorher hat sie ihre Stiefel ausgeklopft mit dem holz-
stock. sie stimmimitiert die Katze aber zu leise zu tief &
zu weit weg
Sonst ist nichts

Ich glaube die Familie der die katze "gehört" war weg und ist jetzt zurück,
und deswegen war alles letzte Wochen so wunderhaft Hieronimus Boschy in der Nacht
Jetzt schlummert das katzy sicher wieder inter einem berg whisk"as"paseten, prozac, schangrila & lädt seine katzenmotherfuckers zu sich ein und sie zahren in einer Tour und Schiessen sich filme
Das war ein ganz normales domestukätzchen
Eines das zur schnecke eingerollt somnambul herumliegt den ganzen Tag bewusstlos vor verdauungsschlaf alles gefressen und alles eingeschmissen was' im Haushalt gefunden hat, ein katzy das man herumschiebt zum Platz machen & es checkt nix davon es schlaeft einfach am Boden herumdurchdiegegendgeschoben weiter "chhhhhpfschhhhhh pfffschhhhhhh grrhhhhhhhhh gghghrrrrrrrrr klick klack" mit dem seeligen brustkorb

Du hast Plattform-Anwendungen bereits deaktiviert. Um diese Funktion zu verwenden, musst du die Plattform erneut aktivieren. Dadurch werden die "Wie Nutzer deine Informationen an Anwendungen weitergeben, die sie nutzen"-Einstellungen zurückgesetzt. Learn über deine Privatsphäre-Einstellungen.
Soziale Plug-ins werden von facebook.com geladen.
Die Webseite, auf der sie sich befinden, kann nicht auf deine Informationen zugreifen, wenn du sie verwendest.
was??

Das Bedürfnis nach Privatsphäre ist kein "grenzenloser Egoismus" den man sich herausnimmt wie eine "faule Prinzessin" wo man sich schuldgefuehle einblaeuen lassen sollen muesste dass die Vorwürfe bis in die Unendlichkeit weiter gehen immer&immer dass "immer" wenns "was" zum besprechen geben würde man zampackt & aufgebauscht wie ein eixhhoernchen dass man zumindest dann eine Pause braucht bevor man aus der unerträglichkeit heraus irgendwen ersticht, Nein „. ist auch nicht weiterhin & wieder nochmal egoistisch
Nervliche Überlastung ist real & eine körperliche Qual
Liebe Leute aus Stein:
Die zu elft mit 5 schreibabys neben der Autobahn von cholerikertouretteeltern großgezogenen die einen wegen allem schimpfen als normalzustand nur weil es ihren Dampf ablaesst So wie spucken gähnen oder Tennis spielen
Glaubts mir es ist möglich einfach anders sehr sehr anders drauf zu sein als ihr
Ich weiß ihr denkt das ist "schwach" und "es geht ja eh" aber nein es geht nicht & eben wir sind schwach uns rutschen eines Tages die Finger aus wer weiss greifen zum sushiknife und schlitzen wen zammm in einer Explosion
Menschen sind lebendige Leute mit einer Psyche mit Belastbarkeitsgrenzen man kann nicht emotional boxsack mit ihnen spielen und Müll hineinschmeissen die ganze Zeit und erwarten es passiert nix. jeder muss mal alleine sein.
& mit "wir" mein ich irgendeine hypothetische Person in einer Geschichte am Mond

..
"Addicted to music"
"Addicted to love"
"Addicted to peace"
"Addicted to Jesus"
"Slave of the beat"
"Slave of the night"
"Clap your hands (to the Beat of the sun)"
"My best friend"
"Everyone ist coooool!!" :D
"I love icecream!" ;)
"We All heart emoticon icecream"
"Eat the ice of the world away"
"Melt the ice by eating ice"
"Sports are fun"
"School is fun"
"Party at school"
"When you go away i will cry very much"

Mein ORF 1 ist kaputt, ich kann keinen eurovisionsongcontest schauen
Mein Internet ist zu schwach ich kann keinen Eurovisionssongcontest streamen
Mein Laptop ist kaputt ich kann "nichts" tuen
Meine Freunde, ich weiß nicht was sie machen
Sie wissen entweder nix davon oder sie schauen ihn sich zuhause an
Der 13a kommt in "welcome to vienna ESC!!" Minuten und wir steigen ein und die Wiener linien haben eine Show zusammengestellt mit lightshow & abbameadley aufgeblasene hupfburgen in Form von abba auf der Bühne man zwischen "abba" herumtanzen kann und hüpfen und erinnerungsfotos machen lassen mit dem esc Maskottchen
Cocktails aus Bowling kugeln
Der sparefroh dreht einem konservative Anlagemoeglichkeiten an

Ich versuchs mir vorzustellen ..
Songtitel:
"Never give up"
"Together we are strong"
"Do love, not drugs"
"I can change the world"
"I fell in love with mother Nature"
"I'm crazy for my Mail"
"I'm loony with my pink new boots!"
"Hot riga nights"
"Shore of bore"
"Dance dance dance take the chance"
"Whisper Tu the stars"
"Kwoerlwoemsoeck" (sprichwort sagt man wenn Nachbar anklopft)
"Take my hand, understand"
"Dont kill us"
"Heaven
"The sky is big enough for All of us"
Malta, Love pride, Volklore
Party

Ich hab mir das jetzt "angeschaut"
Es ist so,
Auf der ganzen Welt gibt es Ca ~90.000 Milliarden Dollar angeblich halbwegs liquides Geld alle Staaten zusammen
& ungefähr ~70.000 Milliarden Dollar Staatsschulden von allen Staaten zusammen
~90.000 Mrd + / 70.000 Mrd
Das heisst dann es gibt zirka 20.000 Mrd $ ungeschnorrtes Geld auf der Welt
Die 70/80 restlichen % ist alles so ein halbes phantasygeld das von irgendwem irgendwo ist weil alle scheiss sandlerschnorrer sind
Die reichsten Länder haben die höchsten Schulden
(Y) x pi kann man sagen dass alles an Geld was ein Land hat, 70-80% dieser Summe hat es gleichzeitig Schulden
Österreich zum Beispiel hat Ca. ~400Mrd (Euro jetzt glaub ich .. Is ja echt wurscht jetzt ..) Geld, davon ~250Mrd Schulden, das sind 74,irgendwas %
Ok
Deutschland ist ein sehr reiches Eu Land Deutschland hat was 4000Mrd Euro/$ und 2000Mrd Euro Schulden?, das sind 78%
(Es ist moderne Wirtschaft, rasant & voller Überraschungen
Ich weiß nicht im wievielten Monat grasentzug die wu Leute waren als sie das berechnet haben & wieviele verschiedene Methoden es gibt das zu erfassen wenn's bisschen variiert meinetwegen Schlag mich tot ..)
Griechenland hat 340Mrd Euro Geld & 350Mrd Schulden,
das sind 178% ~ ~ ~ ~ ~~ }}<(Ω°> °°
So fucking what?!!!

Sie haben halt Schulden! so wie alle, insgesamt viel weniger als urviele
GRIECHENLAND IST EIN VÖLLIG NORMALES LAND!!!
Gut sie haben grade mit dem Prozentsatzding betrachtet bisschen mehr Schulden na und
Das ist doch lächerlich
Wenn eh 80% von allem Schulden sind jetzt anscheinend warum stresst man sich dann so, .. es hantiert ja dann eh kaum jemand überhaupt mit seinem eigenen Geld
Die Eu hat 5000 Milliarden Euro und ich schätze dann mal sagen wir 3000 Milliarden Euro Schulden
Griechenland x10 ..
Ok die Eu hat 28 Mitgliedsstaaten das ist nicht cool "gleich verteilt" & ja es sind Schulden, sonst würde es nicht "Schulden" heißen sondern liquid ecstasy, aber wenn Alle welche haben und es so gähnend normal ist dann braucht man nicht so eine kunstpanik veranstalten für nix, die Leute fertig machen, ein Land zerstören, sich draufhauen auf es wie die Geier auf schnell schnell, nur weil man selber was zurückzumzahlen muss oder einen größer dimensionierten Betrag waschen will was weiß ich was los ist, warum das jetzt so ein Megaproblem sein soll, oder man denkt sich man lässt es einmal vor die Hunde gehen dann hat man wieder was für die Wirtschaft zum ankurbeln aufbauen wachsen
Jeder weiß dass "sich was ausborgen" in der Regel bedeutet, dass man es nie wieder sieht
Abgesehen davon was für einen Kopfschuss muss jegliche Wirtschaftsinstitution haben wenn sie Griechenland Geld "borgt"

Was erwartet sie sich das Griechenland in Form von
wertpotenzierenden High tech Exportprodukten zurückauswirft
dann aus der Rettungsinvestition
Olivenmaennchenpflegeroboter?
Autos aus Lesbos?
I <3 Kreta Hologramme in die ganze Welt
Begehbare wasserdichte Flachbildschirme?
Industrieschiffe
Hochpreisige Naturkosmetik aus mythologischem Vulkangestein
oder ein Heilmittel für Krebs aus lava oder
kaktusantiirgendwasserum
Es ist eine Urlaubsinselgruppe Oida
Macht man die halt nicht fertig
Kann man den Scheiss nicht unter Naturschutz stellen
& chillen lassen
Japan ist hardcore
Japan hat zb 6000 Milliarden & die Schulden kann man
im Endeffekt einen Weihnachtsmann hinzeichnen statt
den Ziffern
sind 250%
Come On
Japan ist auch eine Insel
Aber Japan ist halt auch echt nicht Griechenland

You always tell me you love me when I tell a joke

Das Leben ist wie eine Backerbsensuppe
Aufgedunsene Backerbsen in einer immer lauer werdenden Suppe die man immer liebloser und zerstreuter zamloeffelt ohne Maggi

Ich mag auch nach venezia hej
Einmal mit ?4 war ich in venezia so phantastische Kindergedankenmässig
Die Schlange beim innenhofbrunnen war wahr
Auch die zugfahrt
Es war so ein Alter stahlzug, schwarz und ist losgefahren nach 20 Sekunden 300kmh ich bin fast bei der offenen Türen rausgeflogen an der haltestange die fuesse in der Luft baumelnd grande vitesse
Die schlafwaggons waren 8stoeckig das Wasser war italienisch Rrrrr
Leckar
Wenn ich muede war hab ich lachanfaelle bekommen dann hab ich ein eis bekommen dann zum mich niederstrecken
Das war schön Venedig ist schoen
Es gab tauben aus schwarzem Porzellan

Eine nahe Verwandte die meinen gesamten Lebenslauf
meine skills und meinen Werdegang kennt schickt
mir ab und an Stellenangebote mit zb Anforderungen:
Sozialpädagogen mindestens 3 Jahre Berufserfahrung
in nochmal einer Spezialunterkategorie irgendwelche
genderzertifikate und Zeugnisse die nicht länger als 6
Monate zurückliegen sollen, Bauleitung für Großprojekte, tower of power, Sonderschulmanagement, Hotelmanagement alles mögliche. voller Zuversicht
ach komm den Flugschein kannst du sicher nachreichen! das ist alles nicht so wichtig die schreiben das
alles nur hin ob du dir was zutraust du kannst das
bestimmt du warst auf der uni bitte die kochen doch
alle mit Wasser ..Wenn alle immer alles könnten was da
drinsteht hätte niemand eine Arbeit! :D
so in etwa
Ich find das lieb
Sie glaubt an mich
Aber mit dieser Einstellung kommen ja diese ganzen
Pfuschzustaende zusammen wenn Leute immer bei Berufsausbildungen angelahnt bleiben und Imbissbuden
aufsperren mit aufziehbaren Plastikaffen und Schlüsseldienst
Es gibt Menschen die haben mehrere Jahre gelernt wie
man ein Hotel bedient proper kocht, Affen domptiert
und so weiter
Das steht ja dort drinnen, dass sie diese Leute suchen.
In meiner Logik passt das nicht zusammen aber bitte
Es ist eine andere Generation

Früher hab ich die Welt mal ernst genommen

Für "Berufe" wie z.B. Museumsaufsicht eine Saison, die vor was weiß ich 20? Jahren 17jährige Ferialschueler als Flexstempeltaschengeld gemacht haben gibt es heute Assessment Center und sich ueber Wochen ziehende castingshows die ein Bruttoinlandsprodukt von Milliarden lukrieren das in sich verpufft am Ende dann findet man den geborenen Menschen mit Hingabe
Es ist gut wenn sich die "Sachen" weiterentwickeln im Zivilisationsprozess, früher gab es regelmäßig Cholera und Skorbut Ausbrueche in den Institutionen Pruegeleien zwischen Besuchern und Personal, Schmerzensgeldprozesse und Therapiegeldforderungen Jahrzehntelang angeschissene Kunst und zerfetzte vorhänge gestohlene Türen eingeschlagene Scheiben Blut
Aber dafür sind Mannequins auch noch nicht geplant gestorben noch früher anscheinend sondern die adeligen haben sich im Wettkampf nach dem Adipositas "Superstar den Deutschland" gesucht hat totgegessen sich dabei urinierend malen lassen in Öl, aus dem Fenster in die Grube geschissen und es gab einfach keine Museen

Ich versuche positiv umzugehen mit den Problemen
die andere Leute haben

Die Sonne des sich mit dem Abend bereits zart in Vereinigung befindlichen Nachmittages quoll der Erde verschmitzt auf die zerschlissenen Nylonstrümpfe als wollte sie sagen "hallihallo"

Ich möchte mich literarisch in eine ernst zu nehmendere Richtung bewegen
Schöne Sachen schreiben fürs Gemüt

Mich macht das Gasthaus Quell depressiv bisschen aber
mich macht mittlerweile jeder Ort depressiv in Wien
weil ich überall schon war, wenn ich depri war dann
erinnerts mich dort an das und an die Vergangenheit,
wo's traurig war, oder macht traurig weils schön war
Mich macht das schikaneder depressiv das vesch der
transporter das wortner der ruedigerhof, rudis lounge
das grindding auf der linken wienzeile, das andere ding
auf der linken wienzeile, der schlupfwinkel das haas-
beisel das arenabeisel der Club u das tachles die schöne
Perle das aera das Schweden das altwien das englaender
das prueckel das akakiko die wunderbar das weidinger
das siebenstern das Nil das pizzi das topkino das sperl
das Dings darunter die unis die spitaeler das eisgeschaeft
Die mariahilferstrasse, die kaerntnerstrasse, die guertel-
lokale, die barnabitengasse, das Tunnel, der Stadtpark,
der prater, die krieau, die pfauenalle, die donauinsel, das
Wein&Co die ubahnstationen, am Land ausserhalb von
Wien die postbuspampa, Amerika
Alles kaputt
Ganz zu schweigen von der bluebox dem ida der arbei-
tergasse dem praterstern dem flex und den karaokebars
Das beograd d anzengruber das museumsquartier das
mak das bukowski das amalienbad das planquadrat das
theresienbad
Ich hab meidling noch gar nicht erwähnt
Das u4 der Imbiss bei der u4 das VIP das raimann der
exbrandtweinerbrandtweiner der jetzt el waluliso 2 aufs
Schild getan hat und überhaupt ein Schild hingetan hat
das Cafe Susi das Chinarestaurant zum Paradies der
Markt die Arkade, die bar dort, das Mokador der Lidel
und der Merkur das Schloss Schönbrunn
Einmal war ich auch im Chaplin
Listen sind gut.

Für wen sind diese "Massage"duschen gemacht mit den Wasserstrahlen die kommen einen zu ermorden zu durchbohren & zu erstechen wie ein Reigen Blutabnahmekanuelen Hochdruck express dass man sich permanent die Nippel zuhalten muss mit beiden Haenden wenn man nicht sterben will vor Schmerzen
Masochisten aus Stein?
(Mich an den Augaepfeln an einer Zangenbefestigung aufzuhängen ist dann wahrscheinlich ein Schaukelstuhl am Kamin für den Folterkonstrukterur von dieser Dusche) ich will eigentlich solches jumpscarezeugs nicht schreiben weil Ich niemanden verletzen will ..
falls das so ist und sich wer grad die Augen zuhält
tuts mir leid! ich hasse es wenn mir Leute detailliert ihre medizinischen Probleme schildern sie brauchen wen zum reden, um ihre knorpeltransplantationen
zu verarbeiten, und es interessiert mich auch, aber sie verletzen einen seelisch ganz kurz ganz wenig.

Ostern
Wer bunnys am Teller postet wird getoastet
(Von mir
Spacestacion Mir
Already sunk u fallen)

die Übergangszeit ist tricky
gerade jetzt sollte man auf ausreichende Lebenszufuhr achten
Füttern Sie daher Ihrem Internet reichlich Frisches in Form von Wasserkraft Erdöl & Biosprit, und führen Sie es in Versuchung am feuchten Solar, Sie werden sehen es ist nicht Verkehrt
besprengen Sie es mit Orangejuice & überraschen Sie es hinterrücks mit einem schicken Kleid einem modischen Hut oder einer flippigen Krawatte
Scheissen Sie auf sein Geschlecht die leute missdeuten oft die leute und die leute unterschätzen manchmal die Ränge des Reichtums an Farbenfröhlichkeit der Leute an lustigem potential und irgendnochsoein wort irgendwas mit "Fähigkeit" haben Sie keine Angst
Angst ist nicht gut
ANGST IST BÖSE sie wird uns alle zertstören & töten, TU ES NICHT!!
LOVE + PEACE

In der Schweiz kommunizieren die Menschen per
Horn & Brieftaubenpost.
Deshalb gibt es auf der Tastatur kein keinen Klammer-
affen "at"
Dafür Pfundzeichen aber ich weiss nicht wie betätigen
es geht nicht
die Forenpisser sind Waachbirnen
Dafür ist wenn ich das richtig interpretiere eine Maus
drinnen integriert in Form von Wilhelm Tell Joystick-
spezialpfeilen
§ ♥

Laut wikipedia ist es in der 3 versteckt aber alles was bei jeglicher shift&whateverkombination rauskommt sind diese Absatzzeichen aus dem 17. Jhdt & Paragraphen (obwohl die unterm Pound sind und wenn ich aber dort draufklick kommt # heraus ((das steht nicht dort ((&meine umschaltsperre leuchtet nicht)))
Ich hab schon jede Stellung ausprobiert, Nichts.

Die Schweiz ist eines dieser innovativen Drogenländer
mit "luftigen" Gedankengängen
Ich denk wahr scheinlich noch viel zu plump und starr

Die aktuelle Emoticon-Politik vom fb in den Statussen ist sehr knausrig
Keine emoticons im Status & nur 1 Emotion ODER 1 Ort oder 1 Aktivität
Das ist doch soziopathisch und führt an der modernen Lebensrealitaet von Leuten zu der auch fb gehört völlig vorbei

Aspik
Bohnenaspik
Jetzt im orf 1 miami cops mit bud spencer & terrence hill
Italien 1985
Die Schauspieler spielen wie ein "du darfst"-werbeklipp mit Jane Fonda wie ein Hariboauftritt von Thomas Gottschalk in Reich & schön nach der Saalwette
Wie eine Kristallschale mit tutti frutti am Tisch
So als würde man in einem 80erkochbuch blättern wo lauter Partyrezepte drin sind mit Partysulz im Cocktailglas Majonnaise im Cocktailglas und Wackelpudding im Cocktailglas
So wie Theaterschauspieler nur anders
In Miami
Mit einer gepitchten watschenaufnahme kann man jegliche Sachen vertonen >
Das Klatschen des Publikums,
eine Saege,
schliessende Clips bei Handtaschen mit magnetischen Clips,
die Schlägerei mit der Polizei,
das Klicksen der Handschellen,
das Öffnen der Schnapsflasche,
das Abstellen der Schnapsflasche,
das Schließen der Schnapsflasche,
das Anzünden der Tschick,
das Audaempfen der Tschick,
Stoeckelschuhe,
Autotueren ..
etc

Am 11. August 1999, meinem 16. Geburtstag .. war diese totale Sonnenfinsternis in Wien
Wir sind extra noch weiter irgendwohin Gefahren ins Burgenland
Die hatten das so oarg angekündigt ich hab gedacht es wird STOCKDUNKEL wie im Weltall es würde sich alles "verdunkeln" Ich weiß nicht warum man dieses Wort benutzt wenn das Erwartungen weckt dass Teile des Kontinents 10 Minuten lang im schwarzen Nichts schweben herumirren Unfallpanik Panik & Unfälle Kindergeschrei vergossene Milch, Zeugungen
Dann am Ende wars wie ein Sommer in Finnland
Sommer in Finnland ist wiederum schon flashig aber als "TOTALE Sonnenfinsternis" ist das nicht flashig sondern eine Enttäuschung
Ich schau mir das "Spektakel" morgen genau an
Bussi es tut mir leid dass ich so gemein bin immer wahrscheinlich wissen eh alle auch spirituelle Optimisten die in jedem scheiss das "Schöne" & das Gute sehen, dass es lächerlich sein wird aber versuchen sich halt die Zeit gut umzubiegen und zu träumen in Selbstbetrug sich einfach so oft so drastisch vorzubeten dass paar wellen dünkler ein "Himmelsschauspiel" sei bis es eines ward

Frühjahrsmuedigkeit Sommerloch Herbstmelancholie Winterdepression

Wenn der Erdapfel im März schimmelt
Der Bauer die Baeckerin im Mai anhimmelt

Um zu schnorren von ihr den Leib, Brot
Damit seiner nicht zu dyen droht

Denn es ist kein schöner Frühling zu schaffen ohne
langos im prater in der Einsamkeit

Geht dein Internet im Mars kaputt
Mach sicher dass dein Handy nicht dasselbe tut
Im April

Bist du am 13. schon blank
Begrüßt dich die Maria am 31. Auf Bank

Musst heut Dich Du vor Auramigräne übergeben
Winkt Dir im Juli ein heiteres Leben

(Ich hab kein kopfweh ich dichte nur)

Brauchst du im März noch den Schal
Findest du deine Brille im April allemal

Regnet es an Mars gans still
Wird es ein hardcore April

Glaubst Du verbraucht der mobile Hotspot mehr Internetkapazitaet als direkt vom Smartphone? Das waer jetzt mein Ass im Aermel mein Triumph mein grosser Moment mein kleines Eldorado

Mein Sonnenschein meine Eisblume mein Fantasia
Mein Windspiel mein Eis am Stiel meine Schlittenfahrt im Schneesturm mein Tanz im Wald meine Maerchenstunde im Bett
Mein Cornetto mein Calipso meine Magnum
Mein Jacuzzi meine Luftmatratze auf Capri mein Zoo irgendwo

wenn ich krank bin will ich nicht dass mir der Arzt was gibt und dann ist die Krankheit einfach weg, sondern ich will miteingebunden sein. ich will meine krankheit spüren und meinen körper erleben wie das fieber hinaufgeht, und wie es dann wieder hinuntergeht ich will den schmerz fühlen und selbst mündig entscheiden können und hineinspüren was ich jetzt mit dem Schmerz unternehmen soll, mir anschaun: will ich jetzt liegen oder was essen oder ein Geschirr zerschlagen & mich freischreien vom Schmerz schauen was mir guttut nachschauen ob ich vielleicht einen Saft trinken will, einen frischen Saft den ich mit den eigenen Händen über mich niederpresse und rinnenlasse ich will mein eigenes blut lecken und es an meinem ganzen Körper verschmieren daran riechen und riechen, es trocknenlassen und malen den Prozess wie es runterbröckelt und es aufklauben und sammeln um es meinen Kindern in Liebe zu schenken wenn sie an dem Punkt ihres Weges sein werden es kennenlernen Ich liebe mein Blut. Es ist mein Leben und es repräsentiert mein Leben

ich will kein Gift intravenös in mich geschossen bekommen von meinem Arzt, die dusch sofort fahren und mich erlösen sondern ich will den scheiss der drübersteht halt im "status" Fieber ist eine positive Regung jedes grad Fieber bringt mich näher zum Triumph

ich bin kein großer freund von "sofort" was geben,
schauen sie ich würd sagen schaun "wir" mal obs so
geht wenns bis morgen nicht besser geworden ist
kömmaja noch immer "schaun" ja du nazi

in d ist parkemed (pakimeed) verboten anscheinend
(sagen die jungen leute am drüberen tisch)
und dass es viele medikamente gäbe die genauso gut
wirken würden wie parkemed aber weniger auf die
leber gehen als parkemed
aber die hätten in österreich keine chance, weil alle so
> "ööh backemeed!
heast oäea schumpfa's bbacke' ummä kröu hea do mim
bbaccke' wos soai i mi den ondan schaas gä kumm
schläch di mit däim voodooschaas uaschloch deppates,
hurnkind hiniges"
so in etwa

Kennst du Kefir?
.. ja genau.
Es hat sich geschmacklich schon verändert finde ich seit dem Meindl/Konsum-Zeitalter es schmeckt so mild und hat einen Mandelnachhall
In 20 Jahren auf meinem Sterbebett schmeckt es vielleicht nach cognacgebeizter Frankfurterminiwurst und wir schmieren uns damit ein auf der Suche nach dem Glück, dem Sommer wie Damals dem Rubbelrabattjackpot dem Merkurflug an die Malediven, die einst den realen Schlauchbootsozialismus eingeführt haben werden
Jede Person darf 1 Schlauchboot haben

Erotik)thriller lassen sich öfter gerne Zeit 1 Stunde Zeit bis irgendwas handfestes passiert, oder auch nicht ..
Sie können gut von der Vorfreude leben, auf ungute Scheisse
einfach nur weil sie sagen sie sind thrilly sie werden thrilly sein und klimpern schleichend mean dahin wie ein Katzi was böse schnurrt aber es
sie können so zach sein wie sie wollen alle reissen ihre InternetErsteWeltAdhs an den Riemen für den einen Moment wo irgendwas Kaputtes auftaucht, ins "ja irgendwaswirdirgendwann sein ruhe vordemsturmding" unmittelbar gefolgt von einem Stromausfall wo man dann nicht sieht was
u bis die Sicherungen schließlich ausgetauscht worden sind am Ende vom Film dass man sieht was und man kauzt in banger Hoffnung dasses dann was ultraoarges megakaputtes ist was man sich NIEMALS ausdenken hätte können wie sick jemand sein kann, dasser sich sowas ausdenken kann aber dann ist einfach nur der typ der mörder der eh die ganze zeit schon der mörder war wo niemand anderer in frage kommt und nichts neues ist. das Nervende an so was ist dasses wie in einem "workshop" für psychoschnickschnack ist wo man wen 100 Minuten hinhält vor der flipchart mit 4 Kaffeepausen und 6 Vorstellungsspielen und der Höhepunkt stellt sich als feedbackfragebogen heraus

In einer unverkrampfteren Welt hätte der Typ von Fifty Shades of Grey seine Angebetete in seinem zu einem Slingdisneyworld tiefergelegten Maisonetteloftpallast Tarzanesque durch sein Folterterrarium hindurchpeitschen und sie nach dem Kaviarabendmahl zu sich herdrosseln können vom ersten Stock in den 3. Stock um ihr ein Gutenachtfisty zu richten im romantischen Hochhäuserschwindellicht, er hätte Sie in Wachs gießen, am Kran baumeln lassen und Pflicht Wahl od Wahrheit mit Ihr spielen können sie Fensterputzem lassen wie einen Hammerhai mit dem Glasputzdings ins Gesicht geknebelt sie in einer Katzenkiste mit Glöckchen im Kleiderschrank zamsperren, sie seine Schuhsammlung putzen und dann daraus Apfelsaft trinken lassen können, einen Köder in ihr verstecken und das Würgereptil freilassen, ihr ein Bad einlassen und dann die e-tschick hineinschmeissen, können, sie zu Mussorgsky improvisationstanzen lassen am Nagelbrettteppich, sie mit einem Stabmixer aufwecken, ihr eine Bluttransfusion ans Bett bringen, mit ihr Dvd schauen, in die Disko gehen mit ihr an der langen Leine und alle verheddern sich und brechen sich alles und müssen weiter machen und tanzen und tanzen gnadenlos unter seiner despotischen Hand
RECK sie so lange nicht füttern bis sie einen Felgeaufschwung schafft am Reck, ihre Finger bei den Hämmern fixieren und laut Klavierspielen je nachdem, ihr die Augen verbinden und Topfschlagen spielen im Park.
Zu Feuerschluckworkshops laden
Zu Faschingsbällen laden, wo alle als turtles kommen mit flambiertem Schokobrunnen nude Igel-Völkerball, "Seiltanz" und was weiss ich was ich

Doch die gesellschaftlichen Konventionen zwingen das Junge ungleiche Paar ihre zarte Zuneigung hinter Gittern auszuleben sich in einem Spielzimmer vor den Eltern und der Welt zu verstecken im Verborgenen ihre Körper achtsam beschämt mit dem Anblick weinroter Leinervorhänge zu martern

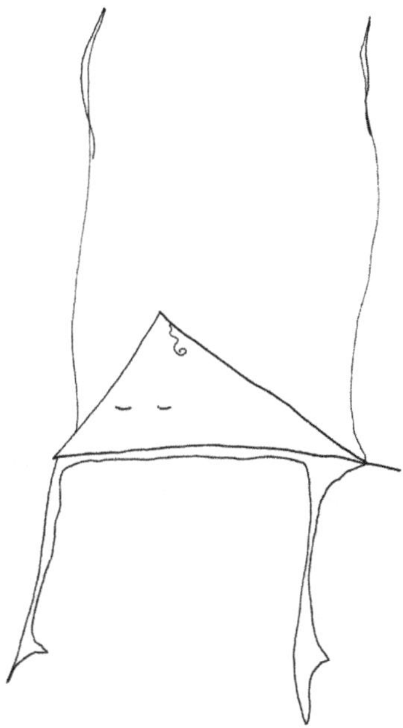

kann ich auch hinschreiben, dass ich aus deren inserat zu 30% solala weiss was sie dort machen & was sie wollen,
aber ich bin einfach "total dabei" was auch immer es seien möge
(ich lese heraus sie treffen sich dort gg 11uhr am & sie brunchen jeden tag gemeinsam im büro und brainstormen dabei freundlich, was man zusammen für das&das geld für wen herumwurschteln/"entwickeln/planen&machen" könnte der auch nicht weiss was er will und warum nur so eine kryptische mail mit 2 verwaschenen wolkigen begriffen aus irgendeinem hippieNLPrecruitmenthandbuch von einem guru zu dem alle fahren und sich sexuell missbrauchen lassen weil er einen recruitingastralschwanz besitzt ein leuchtendes morgensternlasso das sich unerschöpflich über unser allar kreativität daschwingt & ergiesst und uns cool macht (und macht dass unsere handys nicht abstürzen und unser Internet stets im Qi sein möge u ein fliessy ist ein flottes kleines)

mein verrücktes handy ruft puff aus dem nichts von
sich aus beliebige handynummern aus meinem handy
an
ich will nicht fies sein aber falls ich wen anruf wars
nicht absicht ..
(u ich leg auch nicht auf einmal puff auf sondern es)
.. andererseits vielleicht will ich wirklich wen anrufen
dann wärs schon nett wenn man abhebt
dieser affe mit dem smartphone

Ich waer auch so gerne zb in Rom
Kurz bissi
weicherschlagen lassen von der antiken Wucht
Endlose Wege durch steinerne Scherbenhaufen die
herumliegen bis in alle Ewigkeit voller Stolz
Mit Berechtigung
Absurde Artikel im Supermarkt bewundern
Marschieren durch den Vatikan bis zur lethalen
Farbenblindheit
Antipasti
Mexikowochen auskosten im Mac Donald, hier gibt's
immer nur Huettenwochen mit Kartoffelpuffern
Kartoffelnpuffer & darkrooms ich weiß nicht warum.
so ein Skisaisonding nehme ich an
Zu kalt fürs Meer Brunnen besichtigen
Aufstehen
Schlafen gehen ..
Nicht da sein im ewigen Wien
Neue öffentliche Verkehrsmittel u muenztelefonie

ich sehne mich nach Urlaub
ich will Pilzpofesen "Tschernobyl" verköstigen in Odessa
ich möchte ein Pilzgulasch hingeknallt bekommen im tiefen Eis

Internet wenn ich in deine unsichtbaren Augen schau
fühle ich mich als blickte ich in die ganze Welt

im zeitalter nach dem postlebens turn kann man
Nihilist & Animist gleichzeitig sein
man kann barfusshippie sein trotz winterstiefel
es muss kein widerspruch sein
aber es kann ein widerspruch sein
es ist ok
oder auch nicht

1x im jahr ist allerheiligen und öl enthält uns prokofjew vor und spielt stattdessen irgendeine ichnehmdichbeiderhandhospizscheisse, 20erjahre partyjazz & ökumenisches gitarrengeplätscher, why?
das ganze jahr den ganzen frühling & den ganzen sommer lang prügeln sie einen hoch mit iwan der schreckliche und märschen opus 666 um fürst tod, vertonungen neuer musik mit titeln wie "blut"&"qual" während sie 1 1 guten morgen wünschen und genau jetzt versuchen sie einen zu trösten mit dem deprimierendsten was es überhaupt gibt, einer heizdecke einem lauwarmen kamillentee und einem krankenhausschonkostkuchen in einem abgewetzten sicherheitsplastikgeschirr das nach chloroform riecht
.. gefolgt von der hysterisch ambitioniertesten Chopininterpretation der Welt
als wuerde ein handschweissteenie beim ersten Kuss hyperventilierend seine Jugendliebe an seiner Nasenblutung ertraenken

Ohne Internet ist die Welt wie ein ruraler Herbstspaziergang durch den Dorffriedhof zum Dorf-Nah&Frisch, Kaffeefilter für entkoffeinierten Filterkaffee kaufen in einem in den 1980er Jahren ganz langsam renovierten Dorf das auseinanderschwebt weil es architektonisch durch nichts zusammengehalten wird und es zerbröselt dahin wie die Salzstangerln

Dem König von der Telefonkompany ist in seinem abgehobenen Kuchendisneyland entgangen, dass es in der modernen Welt mehrere Mobilfunkanbieter gibt, die über sein Land herrschen & dass aus diesem Grund 1500 interne Gratissms kein fessellos großmütiges Geschenk sind dass er protzig & dekadent über sein Volk ergiesst sondern dass es völlig absurd ist & keinem was bringt
Nur damit man was 8stelliges hinschreiben kann wie 1 Prolu "uhh schauts mich an ich hab 800 Arme und 2 milliarden Phally! Vermachts mir euer ganzes 'Money'!" In wahrheit bezahlt man faktisch materiell gesprochen tatsächlich für Luft.
Es ist so als würd ich mich hinstellen und sagen ich verkauf Luft! nämlich 12 Tonnen Luft

Angeblich kommt ein Orkan nach Wien & richtet über uns
die Polizei hat gesagt um Mitternacht kommt er und es wird richtig schlimm
!!
!!!!!!!!!!!!!!!!!!!!!!!!!!!!!!!!!!!
bäume werden ausreissen und uns unter sich begraben nachdem sie uns mit der Wucht der Luft und der Schwerkraft die Kochen gebrochen haben werden und der Strom wird nicht dort fliessen wo er fliessen soll und nicht das tun was er tun soll vom Internet will ich gar nicht anfangen. Die Server werden brennen. Man wird sie nicht mehr löschen können wir werden alle sterben
Feuer wird regieren und Schnee wird es unter sich begraben
die Feuerwehr wird kommen um den Schnee wegzuschaufeln und das Militär wird kommen um die Psychen wegzuschaufeln die Fernseher werden aus den Fenstern hinausgesogen werden ins Himmelszelt zu dem Mond und zu den Sternen

Der Zentralfriedhof ist das Versailles von Wien

dieser FazArtikel stimmt doch überhaupt nicht!
"Nichts und niemand, kein Gott und kein Himmel, überstrahlt unsere Gegenwart so stark wie der Mythos dieser (romantischen) Liebe"
was derartiges nehme ich überhaupt nicht wahr
Leute die in unserer Gegenwart irgendwas von Liebe bis in alle Ewigkeit sprechen und durchdrehen und sich "reinsteigern", dass es sie so oft gibt und dass das eine ersatzreligiöse Doktrin sein soll in der jetzigen Gesellschaft hier.
Ich find der "Trend" geht eher in Richtung Pluralität & Scheisse
Patchworkfamilien Scheidungsbrunchs Polyamorie, mehr Offenheit gegenüber der Zwangsehe & geförderte Andreaskreuze von der MA50
in real: Lebensabschnittspartner als normales Ding und wenns aus ist sagen die leute nicht "omg! wir helfen dir dich umzubringen! du bist echt im arsch weil DAS ist echt hoart! weil es ist das wichtigste im Leben deine Welt ist echt zerbrochen" sondern sie sagen es ist "völlig normal" dass es dir jetzt so geht und blabla, du kannst daran persönlich wachsen, es kreativ verarbeiten, daraus was lernen und reicher an Müll wieder emporpowern aus dem Elend und du wirst sehen es wird besser und es hat halt nicht funktioniert vielleicht passt jemand anderer besser zu dir
(den du nicht liebst haha) und es ist gechillt dann alles (ok manchmal mit eso-fatalistischen Anflügen > "schau, es hat halt nicht sollen sein" psychohygienisch integriert > "schreib die Person symbolisch auf einen Zettel und verbrenn ihn" Die Leute wollen dass sie & alles funktioniert die ganze zeit sind ur grindig zusammen mit ihrer Wohlfühlscheisse
ich hasse es

Das einzige was vielleicht ist ist dass mehr leute oder überhaupt leute heiraten? die nicht Monarchisten sind und sowas aber das wirkt auf mich fast eher pragmatisch fahrlässig "bequem" und blutleer als irrational romantisch und verstört totalitär,
und dann geht dem mann die frau kaputt, obwohl er sie eh nicht benutzt hat was sollen menschen machen wenn sie gefühle haben und sich verlieben in 1 person und es steht nicht im Neon .. zum therapeuten gehen? "hey oida scheisse, ich bin in einer mit meinen 'offenen Werten' unvereinbaren Scheissituation, andere leute bringen mir grad nichts .. ich bin ein einem wahn verfallenes arschloch machen sie mich wieder klar und offen für gesunde modulare kommunikationskonzepte ohne überhöhten 18.jhdt sadomasochismus und blumige Beschreibungen, eine situation in der alle beteiligten immer glücklich sind in der nie wer leidet weil nie wer 'liebt' weils das nicht gar nicht gibt" es gibt nur kaputte neurotransmitter das ist korrekter, es tun eh alle cool und verstecken ihre Verwundbarkeit am Klo ich glaub auch dass das viele eh gelesen haben mit den Hormonen im Gehirn und dass alles eh nichts besonderes ist bla
alles ist egoistisch bitte
ich will damit nur sagrn ich will die ulkigen leute kennenlernen auf denen dieser Artikel beruht, ich glaub das ist so wie bei den Vegetariern, in Wahrheit sinds 10 Prozent aber es ist in paar Artikeln und 2 leute postens halt öfter auf fb dann glauben alle "uuhh! zombieworld! die Vegetarier kommen und wollen Kreuzzug machen" als wär das 19. Jahrhundert wieder hereingebrochen "so stark wie nie zuvor"! und alle reissen sich qualvoll brüllend die Hemden auf und schreiben briefe mit blut aus dem Krankenhaus die sie mit ihren tränen

frankieren & richten sich dann martialisch mit dem Schwert am Dorfplatz und im Gegenzug bringen sich alle Angehörigen um und die verketteten Schicksale reissen uns wie ein Domino auf Erden nieder & niederer bis der letzte Mensch übrigbleibt der dann wichsend Playstation spielt
diese virtuelle partnerbörsenpassage ist völlig aus der luft gegriffen, die sind null verschränkt, die sind eher so wie wenn ich mich im Dorf hinstell und nach irgendwem such aus meinem Stand der praktisch ist, psychologisch und kommunikativ praktisch und wo man sich nicht anspeibt voreinander aber denke wenn Leute ein Date über einen Computeralgorithmus rennen lassen meinen sies nicht kultisch und schwerfällig, eher gechillt und scheiss drauf mit Versuch Fehlerexklusion und Kongruenz möglichst zu erhöhen und nicht auf die Strasse gehen zu müssen Zeit verschwenden mit den anderen Psychos, keine ahnung kann schon sein dass die leute dann glauben für wen bestimmt zu sein oder was weil der den gleichen lieblingsfilm angibt und reinsteigern obwohl nix grossartiges ist aber das Konzept isses nicht, natürlich werben die nicht damit weils WERBUNG sein soll ..
die schreiben einfach irgendwas! das ist überhaupt nicht konsistent!
ich check nicht was ihre Schlussfolgerung ist und was sie wollen
(ich glaub die wollen nur zynisch herumbitchen weil ihnen wer abgebauscht is)
(ich hab nicht alles gelesen wirklich, haha
aber trotzdem)

die Leute die zur Elisabeth T. Spira kommen sprechen zwar davon, dass sie ihre "traumfrau" finden wollen, beschreiben sie aber dann mit Abmessungen als würden sie einen kasten im bauhauskatalog suchen. was haben Vokabeln mit Romantik zu tun

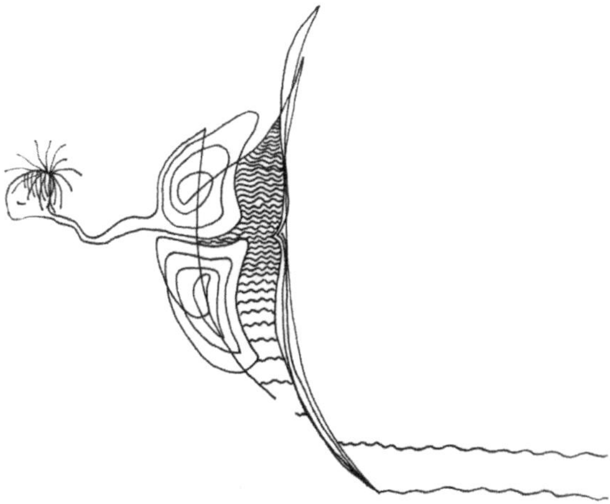

für mich sind manche sachen eigentlich selbstverständlich aber da es leute gibt die eine kaputte kindheit hatten mit offenen türen gelesenen briefen sexuellem missbrauch, gewalt und erpressung und jetzt kein gespür haben für nix >
Erstens > Ich bin nicht wirklich ein quadratischer kasten wo zeug steht wenn man draufklickt und was man einfach nehmen kann weil gute farbe guter style passt schneidma fotoausseinander machen kollage, lustig mich gibts wirklich, meine psyche ist zwar noch nicht urheberrechtsmässig geregelt und mit Autistensicherung, aber
Man kontaktiert mich lieber vorher! oben rechts der balken
Zweitens > MACHTS EINFACH NICHTS!! richtig GARNICHTS
(ich scheiss auf etwaige kleinkindliche zensuralarmäusserungen man hat mir den lolly weggenommen das ist gemein! ich fist euch diesbezüglich argumentativ und real in den boden ganz einfach) es ist irgendein gehirnkaputtmachvirus im grundwasser momentan ich glaub es ist fast niemand mehr da der ausreichend zurechnungsfähig funktioniert, wir verstehen unsere sprachen einfach kaum noch es macht keinen sinn man fragt wen nach dem weg zu irgendwas man erhält "einen hunger hab ich" als antwort man sagt "nein danke" man kriegt "sicher gerne!" als antwort man fragt "donnerstag oder freitag" man bekommt "400 euro" als "antwort" niemand HÖRT ZU. das ist nicht wegen der neuen "Kommunikationskanäle", die leute sind kaputt! fast alle sind verrückt! wirklich
hilfe

mir sind smartphones egal

Ok
Hat jemand von euch 1 Arbeit für mich?
Das Amt hat schon die höchste Lautstärke aufgedreht.
& nervt mich auf die baumgartner hoehe, ich bin schon überall gewesen & meine Psyche ist das betreffend nahezu kaputt ..
Mein "Profil" ist folgendermaßen:
Ich bin nicht völlig ultrafertig im kopf, dass ich ernsthaft meine Lebenszeit an Lohnarbeit verplempern will, es macht mir keinen Spass in irgendeinem geschissenen "team" an irgendeinem Scheiß zu "arbeiten" virtuell Produkte durch die Gegend zu schieben aber ich machs gerne wenn man mich in Ruhe lässt und von mir keine gespielte Euphorie, Optimismus oder emotionale Anteilnahme erwartet
Ich mach Sachen lieber ALLEINE
Leute behindern mich und bringen mich aus dem Konzept und machen alles Deppat und ich bin nicht gut darin mein Dings ständig zu verteidigen, zu erklären u what so ever
Ich habe kein durchsetzungsvermoegen und ich bin sozial inkompetent
Ich hasse es beobachtet zu werden
Maximal! 30 Wochenstunden wenn's gut bezahlt ist, nicht deppat halbunkorrekte halbschwarze veroarschungen (ausser natürlich wenn sie mir auch zugutekommen "wink"-Emoticon
Ich bin gewissenhaft & ok u ich bin ein lieber ruhiger stiller Mensch, voll unkompliziert. cholerisch motivierte psychopathen machen mich koerperlich krank
Am besten vielleicht irgendwas mit Sommerpause zumindest. dieser gesetzliche Witz von Urlaubszeit da scheisst man sich ja an vor lachen

Gottseidank sind die Capoeirahippies und manuchao sandler nicht mehr so dominant im Park unterwegs im Sommer, die Sozialanthropologen mit ihren Capoeiragangs, ihren Hunden und ihrem Wachbirnenmanuchaoplastikwalkman wo sie angekrochen kommen ob man ein paar cent hab fürn Libro wegen Batterie und herumschleimen mit ihrer debil aufgerissenen Faszination wo denn die Wurzeln seien von einem und lächeln karminös und gehen so lange nicht bis man ihrem zirkuskarobody halt ein kompliment gemacht hat damit sie sagen können dass ihnen den wer aus Venezuela mitgebracht hat Erasmuspraktikum in einem indigenen Baumwollplantagenprojekt & bauschen jonglierend zum Libro ab mit ihrem Manu ciao und kaufen sich dort dann ein Kinderbueno.
Ich hatte mal solche "freunde", Naturkeiler die dich unter dem Deckmantel von hippietum oneworld und meins is eh auch deins :) erbarmungslos zamschnorren bis aufs Mark. das sind keine Leute die die Welt verbessern wollen, das sind einfach nur schlechte dealer die sich nicht an den Kodex halten können.

laschy bin ich
geh zur Ruh
klappe meinen
Laptop zu
Bunny lässt die
Äuglein sein
über deinem
Apfel sein
Trage ich Schuld
am Wackelkontakt
brich mir darür
nicht das Genack
habe das Kabel
so fixiert ..
, dass Dein Strom bis morgen
nicht wegdirgehn wird
Alle trotteln
die uns bekannt
lass sie ruhen
durch deine Hand
Alle Menschen
groß und klein
sollen Dir
befohlen sein
Kranken Herzen
sende Ruh
müde Augen
schließe zu.
Gott im Himmel
halte Wacht
gib uns eine
gute Nacht

Das gute dran am schlafen ist,
man kann dabei nicht so viel kaputtmachen wie im Wachzustand & man kann keinen Ultra Scheiss bauen in einer tour,
man kann kein geld beim fenster hinausschmeissen zb wie das die leute im ferns

Ich hab grad nicht aufgepasst
das federschwanzspitzhörnchen ist der bukowski der
tierwelt?

die Zeit ist auseinandergebrochen in mehrere teile und
alle bewegen sich weiter
wie der Wurm der sich angeblich vervielfacht wenn
jemand ihn tötet
und sie fliegen halbdurchsichtig duch die Luft wie
milchige Kraken im Meer
die ich nicht mehr auseinanderhalten kann wer wer ist
und wer wo ist
die Zeit ist auseinandergebrochen wie eine Götterspei-
se die in Zeitlupe auf den Boden fällt in mehrere teile
und alle bewegen sich weiter
wie der Wurm der sich angeblich vervielfacht wenn
jemand ihn tötet
und fliegen halbdurchsichtig duch die Luft wie milchi-
ge Kraken im Meer
die ich nicht mehr auseinanderhalten kann weil ich sie
auseinanderhalten will weil ich noch im Alten System
bin in meinem Kopf. dem mit Gegenwart, Vergangen-
heit & Zukunft wie aus einem Traum wacht man auf
und nichts ist mehr da obwohl alles noch da ist
irgendwo
Glühwürmchen du blendest mich, Glühwürmchen, ich
seh dich nicht

es regnet wirklich heavy
vielleicht regnets die kabel sämtlicher telekommuni-
kation zam und es kommt die jungfräuliche anarchie
über uns blutige anfänger dann wird man das gesicht
sehen wiederstand der dinge tatsächlich ist, von den
leuten
mit ihren floskeln
vielleicht sagt dann einfach niemand mehr irgendwas
und die zahlen lösen die buchstaben ab in der gewich-
tung alles wird abstrakter und die leute essen spaghetti
mit ketchup und mischen ihre getränke mithinein in
bowls
easy

Ich biete ab sofort Chatlektorat, -mediation & -Analyse
an
Fluggelotse & Chirurgie für Opfer
Ich hafte (!) mitten in der Nacht mach ich mit als wärs
mein eigenes Leben
ich machs gut ich räum eure unbeabsichtigten Amokläufe
aus dem Weg, pick euch eure Aschenbecher zam &
kipp euch eure Scherbenhaufen in den Müll. ich leg
dich auf die bank und kiropraktizier dir deine Kommunikationsflachsen zurecht & futsch
sind sie, ich sag dir was du taggen musst damit übermorgen in der Volksrepublik China ein Schmetterling
explodiert
ich sag wies gemeint war, ich beurteile was "geht",
deute ob was "geht" mit Tabellen von 1-10 ob die halbe
Lüge jetzt eher ein Ia oder ein Nein war, ob die 489
Leute die attenden wirklich dort sein werden, wo der
Stress ist wo der Wurm ist u wo der Hammer hängt.
was ich tun würde wenn ich ich wär .. was ich tun
würde wenn ich ich eher sporadisch "du" wär was ich
mir im fernsehen ansehen würde wenn "ich du wär"
und was los ist dort und was hier los ist ich mach einen
auf praterstern dann kannst du dich endlich um euch
& um euer zeugs kümmern mit eurem Kopf und euch
ein geregeltes souveränes Leben aufbauen ein Leben
in der Waagrechten mit panäquatorialem Wetter wos
immer alle Temperaturen gleichzeitig hat, wo es immer
bewölkt ist, immer die Sonne scheint, es immer hagelt
und stürmt und überall ist das Auge, ein Leben in dem
das Verhältnis zwischen Produktion und Konsumation
ausgeglichen ist
das rote Telefon in die Vorhölle, von der Hölle

Wir werden einst blöd schauen, wenn unserer pro-
gressiven Enkel Kinder Kakerlakensnacks einnehmen
werden für den Umweltschutz
Wir werden 1000 Jahre alt werden & niemals sterben

die Forschung arbeitet am menschlichen Winterschlaf

Als Gott den Menschen schuf
segnete er ihn von oben bis unten mit der wichtigsten
Sache f sein Leben > dem Schmerz
Damit er die Hand von der Herdplatte nimmt und
keinen Experimentalfilm daraus macht an dessen
Drehschluss er verendet
Damit er Eigenblut nicht als Farbschmuck sieht und
damit die Wand ausmalen will sondern es nicht der-
zahrt, sich anspeibt weint schreit, die Blutung stoppt,
und weiter gehts
Alles ist mit Nerven durchzogen
Alles tut weh
wenns um was geht
Alles bis auf das Gehirn & das Blut

Schneehasenmütter richten sich auf und machen extra auf sich aufmerksam während dem Weglaufen wenn der Wolf kommt, damit sie ihn von ihren Kindern ablenken, nicht so wie andere achsointelligentere Tiere, die ihre Kinder ihre Männer oder ihre langjährigen Freunde essen obwohl sie Raubtiere sind.
Schneehasenmütter machen das.
viele andere nicht
Derweil pennen oder fressen oder schwängern die schneehasenmänner irgendwo irgendwen, mit anderen Worten sie begehen passiven Mord in spe an ihren Liebhaberinnen
So ist die Natur. das tut sie wenn man Ihr nicht mit Gesetzen die Gliedmaßen abhackt

Ich hätte gern einen Gott
einen Gott der mich liebt
der alle anderen hasst & mich liebt
der mich vor ihnen beschützt und mich rächt
ich mein wenn er mich beschützt muss er mich auch
nicht rächen haha
der mich aufweckt in der früh und mich an einer
Hebevorrichtung hochzahrt an der Schnur und mich
durch die Welt fliegt überall hin wo ich hinmuss
oben wo die Sonne ist wo einem keine Tauben auf den
Kopf scheißen sondern Adler einen aufspießen
Die Aurahellleserin auf der Strasse war gut
aber nicht so gut
Das 2. Ding war ziemlich aus dem Fenster gelehnt und
fundamental daneben da war der angebotene Traum
vom plötzlichen Schwanenseeleben um einmalige 80
Euro Beratung, das dann flutscht wie am Eislaufplatz
geplatzt
u man war wieder klar zum Bewusstsein gekommen,
karabinerfuchtelnd an einer kargen Felswand hängend
ohne Tageszeit

ich will einfach nur ein funktionierendes fernsehbild
mit dazugehörigem ton, eine funktionierende dusche
und freiheit

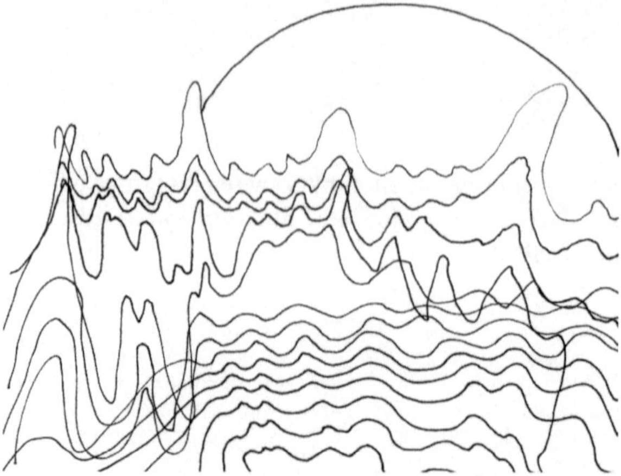

in der zukunft wird alles in der wohnung auf rollen sein, auf rollen & mit fernbedienung.
oder aber nicht.
vielleicht isses progressiv & die leute bauen keine rolltreppen mehr, damit sie gesünder sind, aber dann umgehens alle und nehmen die barrierefreien angebote und die im rollstuhl können in der schlange stehen u ewig warten bis sie durchkommen und die hebebühne geht ständig kaputt.
in der zukunft, wenn das klima aus seiner apokalyptischen asche erwacht mit der ringerlösung im arm, wird alles gut.
in der zukunft werden alle in einem eigenen kleinen vulkan wohnen.
kleine vulkane übersäen die erde wie hobbithäuser.
es dampft aus ihnen heraus wie aus kesseln wilder möhrensuppe. duft in die nachbarschaft. leute löffeln sie mit holzbesteck und spielen uno im front yard oder activity im frontyard-
es gibt überhaupt keine front
es gibt keine baupolizei, nur eine feuerwehr.
ich geh dann zu feuerwehr.
in der zukunft wird es vielleicht schwebebahnen geben.
ich mein sie gibt's jetzt schon, aber nicht so viel.
in der zukunft wird die arbeitswoche so gemacht sein:
10 tage lohnarbeit, 10 tage frei.
oder so ähnlich halt.
die ersten 3 tage danach erholt man sich ja nur um wieder zu sich zu kommen und normal zu sein, das empfinde ich nicht als "freizeit".
das was man "wochenende" nennt ist in real meistens einfach unbezahlter krankenstand, der einem halt gegönnt und hingeschmissen wird wie ein kuli, oder ein gratiswürschtel in der lugnercity.

in der zukunft wird niemand mehr egitarre oder schlagzeug spielen wollen. die kids dies noch tun, werdens heimlich tun. niemand wird mehr wahlfach headbangen nehmen, kirchen anzünden oder in stagediven maturieren. diese art von musik wird sterben und alle werden eblockflöte spielen wollen. wer eine eblockflöte hat kann auf aufriss gehen.
wer keine eblockflöte hat landet mit dem kopf im klo, und der flötenkopf, du weisst schon wo.
in der zukunft wird es die in die steinzeit rückdatierten urwaldbäume geben, die bis dahin stählern in die exosphäre ragen werden. wenn ich dann tarzan wär, würd ich mich auf einer liane über alles drüber nach neuseeland schwingen,
es wäre eine reise in eine andere zeit.
dort ist jetzt sommer wenn hier winter ist.
in der zukunft wenn der meeresspiegel kaputt ist wird's urcool!
es wird schwimmende solarnewjorks geben und überall gondeln & grachten wie in venedig!
glasbottomhausbootpartys, zur schule paddeln oder schnorcheln, dabei ausgrabungen aus den 0er jahren beobachten am boden, in mediterranem klima. es wird modernere kontinente geben, die polizei wird durch ninjaturtles ersetzt werden, die sind lustiger und werden lieb sein. sie schiessen mit wasserpumpguns & können je nach schwere des delikts den strahlendruck variieren, so dass es von einem lieb ermahnenden auferinnerungskitzeln hin zu einem tödlichen loch im torso reichen kann. geflochtene zöpfe aus getrockneten sardinen werden kopfüber von den türangeln hängen wie der knoblauch in kuestenregionen.
elefanten werden in parks mit wasser kunstvolle fontaenen in die luft spritzen, statt brunnen, und in der

nacht kommen überall die glühwürmer die sich alle halten werden als energiesparlampen. chamaeleons bringen die post.
bebrillte oktopusse werden den adler als dominantes wappentier ablösen und die staatsfahnen beherrschen. oktopusse mit hornbrille & viel protzigem gold-schmuck.

oktapuss oleole
nimm mich in deineeeeeeee armeeeeeeee
erst tanzma 1 flamenco
dann flambier'ma dich geht scho'

es ist ein funkloch hier wo ich bin. das dvbt modem ist 666. es hat eine mischung aus bildschluckauf, farbtourette und akustischem erbrechen. wie in einer hardcore strobodisco sitz ich davor und warte auf den epileptischen anfall.
dauernd peitscht es dämonisch herum wie eine kaputte vhs, wie die computergenerierte servicekraft aus back to the future ii, hängengeblieben in zurück in die zukunft 3, und ich warte auf den zusammenbruch, drauf dass alles im totalen rauschen kulminiert & aus dem auge der bildstörung spricht mich wer direkt live aus dem bildschirm an "puneh! dödödödööö ..!" und dann reissts mich und mein fernseher zerplatzt und die wohnung zerpufft in schall & rauch und taucht in bezaubernde jeanny wieder auf.
(als gnom)
((miniaturwohnung))

ich habe jetzt 4 stunden lang ein xbeliebiges papierbuch gelesen aufrecht sitzend um mich ruhigzuhalten bevor die isolationsgluehbirnen angehen und die sensorischen deprivationsgnome den rasensprenger anzahren der den kalten schweiss durch das zimmer schleudert wie leichenspucke, weil ich dachte der monatliche atavistische terror sei wieder eingebrochen, haette mich aus der welt ausgesperrt und den schluessel weggeschmissen aber ich hab doch noch bisschen internet deshalb hier der status

ich verlasse in 8 minuten das haus.
sollte mir wer noch was mitgeben wollen auf den beschwerlichen weg durch den sturm hindurch und die kälte, wo ich mich zamtun muss immer den kopf zwischen die halbverrenkten schultern zusammengezogen wie eine verrenkte schildkröte mit eingezogenem kopf langsamen augenlidern die sich dahinschiebt, und soweiter und sofort, dann sag es mir jetzt!!
und komm dann nicht zu mir in 10 jahren und tu dann wie ein mädchen, mich nervlich zampolieren, mit was nicht alles schlimm war vor 10 jahren damals als es so beschwerlich war u 1 mühsal 1 einzige und wo ich war. und in einer tour vorwürfe & anschuldigungen. und ich sag irgendwas plumpes, wahres wie "ich habs echt nicht mehr in erinnerung" "es hat echt nichts mit DIR zu tun!!!" oder schlicht "ähm________ was nochmal?" und dir explodiert der kopf und du reisst mir den kopf ab, keine schöne szene ..
mach es mir nicht kompliziert, bitte. denn heute bin ich derart schlampig und leger, wie eine schürfwunde speib ich mich dahin, von ding zu ding, wie eine taube im krieg.
Mein kuli rinnt mir aus

#hunderthjahreinternet
jetzt wo ich in der verbannung lebe auf einem schottischen moosfels auf einem orgelwachturm aus kupfer und kein fernseher mehr da ist, die selbstmisshandlung durch den internetkonsum zu betäuben, in der betäubung dem bewussten zu entwenden und in den unbewussten schlund der magengrube wegzusperren, ist diese sofakonstellation mit dem tvschrein obsolet geworden. ich könnte das sofa umstellen, noch ohrensessel und fauteuils hinstellen und einen salon machen wo sich die elite trifft und über die geschehnisse des fernsehens diskutiert in legendären abenden voller urbaner mythen bei brötchen und absinth. oder lesekreise oder malkreise, bastelkreise, internetzirkel, mondmessen, und so etwas.
fin de siecle II

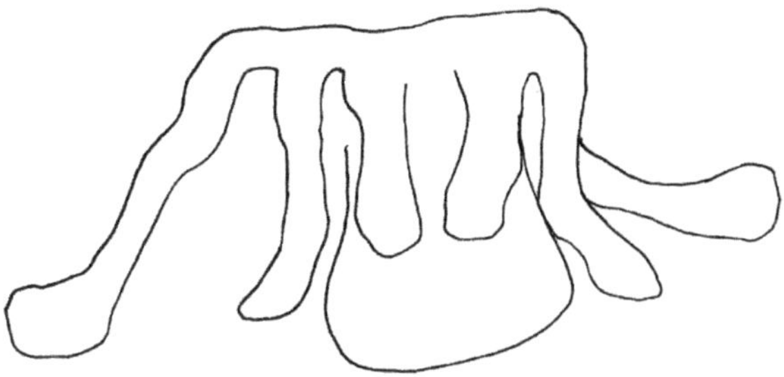

mikrotext.de
facebook.com/mikrotext
twitter/mkrtxt

2. Auflage
Cover und Satz: Andrea Nienhaus
Cover-Illustration: Riesenalk, Gemälde von J. G. Keulemans (1842-1912)
Zeichnungen: Puneh Ansari
Schriften: PTL Attention, Minion
Druck und Bindung: CPI Books GmbH, Leck
Printed in Germany

ISBN 978-3-944543-48-2